猎猞

老藤 著

长篇

天津出版传媒集团
百花文艺出版社

图书在版编目（CIP）数据

猎猞 / 老藤著. -- 天津：百花文艺出版社，2021.1
（百花中篇小说丛书）
ISBN 978-7-5306-8057-5

Ⅰ. ①猎… Ⅱ. ①老… Ⅲ. ①中篇小说-中国-当代 Ⅳ. ①I247.5

中国版本图书馆 CIP 数据核字(2020)第 255712 号

猎猞
LIE SHE
老藤 著

出 版 人：薛印胜 选题策划：汪惠仁
编辑统筹：徐福伟 责任编辑：李 跃
装帧设计：任 彦 特约编辑：孔吕磊
出版发行：百花文艺出版社
地址：天津市和平区西康路 35 号 邮编：300051
电话传真：+86-22-23332651（发行部）
+86-22-23332656（总编室）
+86-22-23332478（邮购部）
网址：http://www.baihuawenyi.com
印刷：山东临沂新华印刷物流集团有限责任公司
开本：700×980 毫米 1/32
字数：45 千字
印张：4.25
版次：2021 年 1 月第 1 版
印次：2021 年 1 月第 1 次印刷
定价：28.00元

如有印装质量问题，请与山东临沂新华印刷物流集团有限责任公司联系调换
地址：山东省临沂市高新技术产业开发区新华路 1 号
电话：(0539)2925659 邮编：276017

老藤 / 作者

本名滕贞甫，1963 年生于山东即墨，大学学历，1983 年开始在报刊发表作品，著有长篇小说《鼓掌》《腊头驿》《樱花之旅》《刀兵过》《战国红》、小说集《黑画眉》《熬鹰》《会殇》、文化随笔集《儒学笔记》《探古求今说儒学》。现为中国作家协会会员，中国作家协会全委会委员，辽宁省作家协会党组书记、主席。

题记：在兴安岭三林区，猎手可以说进山打虎、打熊、打狼、打野猪等等，唯独对猞猁不用“打”，而是文绉绉地叫猎猞。

一

金虎知道胡所长已设好圈套等着自己往里钻，一旦自己中招，胡所长当三林区猎手终结者的春秋大梦就会实现。胡所长一到三林区担任林业派出所所长就许下诺言：要当三林区的猎手终结者。三林区是个十人九猎手的地方，民风彪悍，林区人多擅耍刀枪，这里的居民不少都是驿站人后裔，历史上狩猎一直是他们的主业。胡所长上任后，公安机关贴出了收缴民间枪支的公告，猎手的好日子便到了尽头。公告贴出后，林场的有线电视也做了宣传，广告词像山枣刺一样扎人：今天不交枪，明天进班房。谁都知道班房就是笆篱子，那里可不是好待的地方。

金虎一直在观望，一般的猎手不用看，三林区五个有名的猎手都和他表过态：我们不看公告，哥儿几个就看你一枪飙，你交我们就交，你留我们就留，他胡所长总不能把我们六个都塞进班房里吧。这话说了没到一星期，刘大牙把枪交了，宋老三把枪交了，李库也把枪交了，剩下两个年轻猎手更是直接把猎枪交到了县局，他俩听说交到县局有奖励，结果根本没什么奖励，白白花了来回的路费。五个猎手还算讲究，交枪前都给金虎打了电话，说法基本一致：不交不中啊大哥，胡所长一天一遍电话，一遍比一遍话说得狠，催命一样。金虎想，这个胡所长挺有意思，给刘大牙他们五个都打了电话，单单没打给他，他怀疑这是故意做扣，是专门给他定制了圈套。

绝不能上胡所长的圈套，金虎想，红箭该交就交，不给胡所长留把柄。

红箭不是箭，是陪伴金虎多年的一杆小口径猎枪，仿苏制TOZ-8型，射击精度极佳，北安庆华厂的名牌产品。红箭是金虎的心肝宝贝，金虎之所以迟迟不交，是那种割肉的感觉实在受不住，没了红箭，金虎还是金虎吗？他甚至怀疑起自己的未来。

金虎的猎枪之所以取名红箭，是因为枪龄长了，梨木枪托有了层厚厚的包浆，透出暗红色的木纹，像凝固的血丝，又像锈蚀的箭镞，他便起了这个名字，意思是带血的箭。

三林区派出所张榜上缴枪支公告后，金虎迟迟没有动，坐在家里一遍遍用鹿皮擦拭红箭。擦枪如同洗脸，是猎手每天必做的功课，不管红箭用不用，每天都要擦，而且要与它对话，这样，枪才会懂你的意图。有的猎手在夏季会将猎枪打上黄油封起来，金虎不这样做，打入冷宫还怎么交心？只有对枪上心，枪在关键时才会给你争脸，使枪现用现擦和做人现用现交一样，那是一锤子买卖。

派出所对辖区猎手了如指掌，谁有枪、什么牌子，所里一清二楚，公告发出去，没有谁敢隐藏不交，猎手们把枪交到派出所，一个个出来时眼圈都是红的。金虎看到邻居苗魁也去交了枪。苗魁新买的猎枪一次未用，就乖乖交到了派出所，好像买枪就是为了上交，但他知道苗魁交枪有猫腻。

金虎知道胡所长一定在瞄着自己，谁让自己是一枪飙呢？一枪飙这个绰号等于把自己推到了风口浪尖上，出头的钉子挨锤，胡所长不盯自己盯谁？胡所长骨相峥嵘，发须皆黄，连眼珠也是黄的，这副模样盯上谁都是噩梦。

胡所长和金虎有过节，金虎分析胡所长十有八九会利用收枪这件事做文章。所内有个叫六子的协警曾是猎手，是金虎死党，六子悄悄告诉金虎，胡所长已经撂下狠话：一枪飙不是猎手中的老大吗？咱等着事儿上见。六子说胡所长一旦拎出这句口头禅，就说明他已经胸有成竹，稳操胜券。

在规定时限最后一日，离下班还有一个钟头，全所七名干警都带上配枪,边看手表边看胡所长脸色,仿佛箭在弦上一样紧张。胡所长已经下达命令，五点钟一到,就上门传唤金虎。所谓传唤就是把人强行带回派出所,绝不是客客气气地邀请。

墙上的石英钟秒针在飞转,平时几乎听不到声音,现在却嗒嗒嗒清晰可辨,这秒针好像在人神经上弹跳,让人每一条血管都变成了传感器。干警们不能不紧张,因为要传唤的金虎可是大名鼎鼎的一枪飙,枪法十分了得,想打你鼻梁,不会打到额头，所以说这次行动的危险程度不亚于抓捕杀人犯。

胡所长却稳得住，坐在桌前嘎嘣嘎嘣嗑榛子，嗑榛子需要一口好牙,胡所长捏起一粒榛子扔到嘴里,只听嘎嘣一声,让人心里一震,然后吐出榛壳，有滋有味地咀嚼榛仁。临战之前嗑榛子,一惊一乍让周围的人像听爆竹一样。

派出所大门临街西向，门敞开着，阳光斜照进来，白水泥地面明晃晃的，像块矩形荧屏。四点一刻，一个长长的影子一点点漫进来，在那块矩形荧屏上越来越大，最后占满了整个地面。是金虎，不仅扛着枪，还拎着一个黑色塑料袋。因为背对阳光，金虎凹凸不平的脸阴郁不清，倒是乱糟糟的头发格外惹眼。金虎把枪和塑料袋放在桌上，从塑料袋里拿出两盒没开封的子弹，然后对众人说："都在这儿。"

胡所长站起身，警惕的目光审视了一番金虎，然后拿起枪，熟练地拉开枪栓查看枪膛，道："好枪，干净！"说完，把枪递给身边一个警察。

"需要办个交割吗？"金虎问。

那个叫六子的协警拿过一张表格，让金虎就枪型、枪号做了个登记，然后按了手印。

"没事了吧？"金虎又问。

"交了枪，自然不会有事。"胡所长坐回去，用十分放松的语气对大家说:“五点了，大家准备下班吧。”金虎明显感觉到胡所长有种泄气的感觉,心想,精心设计的圈套白费了,事儿上见的想法落空了,不沮丧才是怪事。

胡所长和金虎的过节在三林区不是秘密。两人之间的梁子有三件事。一是飙枪。所谓飙枪是当地猎手说的比枪法,就像电影《智取威虎山》里杨子荣和坐山雕在威虎厅比枪法一样,这是东北胡子选老大的招数,是真功夫的较量。过去胡子飙枪一般是在活人头顶立个酒碗,打不准就会爆头。胡所长到任后听说三林区有个“一枪飙”,就很想见识一下。胡所长是军转干部，在部队是全师有名的神枪手，根本没把金虎这个野路子猎手放在眼里。两人比试三项,步枪固定靶、移动靶和手枪三十米靶,三局两胜,结果步枪两项金虎胜出,胡所长只是赢了手枪一项。另一件事是协警风波。胡所长发现金虎是个人才，便想收到麾下为己所用，派人与金虎谈，金虎问：当协警能穿正规制服吗？来人告诉他正规制服没有，可以发没有警徽的保安服。金虎对这份差事不放在眼里，说了句让胡所长特生气的话：给手下败将当差，不干！在三林区，还没有人不给胡所长面子，金虎可以拒绝，但不该说伤人的话，于是派出所便有话传出来：一枪飙装什么灯？等着事儿上见吧。再一件事是金虎受罚。这是让金虎最没面子的一件事，起因是金虎在山上下套逮了头野猪被警察抓住，不仅罚了钱，还在派出所那间小黑屋里关了一夜，六子悄悄告诉他，你偷着乐吧金哥，你要是带了红箭上山，这次就给没收了。金虎暗自庆幸那天没带枪，打猎新规出台后他尽量避免用枪。他认为自己被关是胡所长故意找碴儿，山上野猪稀烂贱，别人打了没事，偏偏自己蹲了笆篱子。

金虎不想多看胡所长那双黄眼珠，打了声招呼转身欲走,胡所长却突然问:“没了枪,你干啥呢?”

金虎头也没回,背对着胡所长道:“给苗魁放羊。”

“放羊比当协警体面?”胡所长话里明显带着一丝嘲讽。其实,即使金虎现在想来派出所当协警,胡所长也不会答应,这么说是故意旧账重提,让金虎难堪。

“苗魁是我兄弟。”金虎回过头说。

“大名鼎鼎的一枪飙变成了拎着牧羊铲的羊倌,怎么听起来有点不对劲呢?”胡所长走到脸盆前,绞了毛巾擦手。金虎看到胡所长绞毛巾很用力,几乎要把毛巾拧断。胡所长擦手的时候,金虎不知怎么就想到了一个词:金盆洗手。

“听说你是打飞龙高手。”胡所长擦干了手,将毛巾团成一团,扔到脸盆里。

金虎是驿站人后裔,作为站上人金虎秉承了父辈打飞龙的绝技,在猎手中影响不小。金虎打飞龙专打飞龙头部,十枪九不空。飞龙打头是有道理的,若是身子中了铅弹，铅毒会随着血走从而改变肉味,厨子就没法调飞龙汤了。飞龙是有名的禽八珍之一,主要烹调方式是汆汤,飞龙汤鲜美无双,是闻名遐迩的一道佳肴。“我早就金盆洗手了,现在飞龙受国家保护,犯法的事我金虎不干。”

胡所长愣了一下，说:“一枪飙有了法律意识，新鲜！”

金虎知道话不投机,便转身推门离开。

胡所长在身后缀了一句:“进山放羊可别搂草打兔子。”

金虎回了一句:“真想打,没人拦得住。”

胡所长双手叉腰,头歪向一边,看着金虎走远的身影,对满屋子下属道:“那就试试,咱早晚事儿上见！”

过后，六子告诉胡所长，金虎确实不用枪也能打猎，除了枪法好外，金虎下套特神，十套九不空，三十多年前就套过黑瞎子。套黑瞎子在林区历史上极为少见，尽管下套这种古老的狩猎方法沿用至今，但顶多是套狍子、鹿和野猪之类的易惊吓动物，黑瞎子力大无比，如果不是套住要害，猎套不被挣断也会被咬断。胡所长听后黄眼珠转了几圈，对六子说："孙悟空本事大不大，不还是在如来佛的手心里？"

上交猎枪后，金虎就到苗魁的制箸公司当起了羊倌。金虎觉得当羊倌挺好，自嘲说五十岁了还当上了官。他记得电视里出过一个谜语，谜面是千里挑一选干部，打一字，谜底就是"倌"字。当羊倌一个人很清闲，金虎就想买条狗，他喜欢藏獒，一獒抵三狼，獒是唯一不怕野兽的犬种。他和苗魁说了自己的想法，苗魁满口支持，专门派车拉他去了有全国最大狗市之称的辽宁北镇，精挑细选买回一只红獒。这是只一岁雄獒，体形硕大，毛色纯正，四只狮爪和两只带泪囊的三角眼，看上去颇具王者风范。凭直觉金虎认为，只要好好调教，这只红獒必成獒中龙凤。红獒弥补了金虎失去红箭的缺憾，他和红獒天天厮磨在一起，几乎形影不离。为了保护年轻的红獒不被其他恶犬偷袭，金虎特意买回一个双排刺不锈钢项圈，红獒解开链子时就给它戴上。

买回红獒的当天，苗魁媳妇生下了第三个儿子。苗魁媳妇高龄产子，母子平安，可谓苗门幸事！苗魁之所以要三胎，也是没办法的事，作为邻居，金虎看到了苗家的不幸，大儿子不幸夭折，二儿子生下来患有先天性听觉障碍，这个刚出生的小儿子便成了苗魁全部的希望。苗魁有点迷信，为了让孩子无病无灾，专门找了个能掐会算的“高人”给孩子起名，高人说贱名好养，就叫狗剩吧。老婆说啥不同意，啥年月了还起这样的名字，将来上学让人耻笑。苗魁想，买回红獒当天儿子出生，就给孩子起名吉鳌吧，鳌与獒谐音，比狗剩好听点。

苗魁胆子小，草地里窜出只兔子都会吓一跳，从家到公司不到两公里路，晚上自己都不敢走，非要拉上金虎做伴。苗魁是个美食家，看到什么动物首先想到的是肉好不好吃，在吃山珍方面颇有心得，能讲出许多道道儿来，比如山鸡发柴，野猪肉腻，狍子肉干燥，兔子肉无味，最好吃的莫过犴鼻、熊掌和飞龙，尤其是飞龙，给鱼翅都不换。这一点，金虎与苗魁不同，金虎虽然是一流猎手，但不喜欢吃野味，他打猎图的是一种征服感，对打到的猎物却没啥胃口，他看到有些猎手打了狍子，在山中就开膛破肚，生吃狍肝，再吊上锅炖狍子肉，心里觉得不舒服，总有点胜利者杀俘虏的感觉。苗魁悄悄买回两支奥地利造猎枪，同一品牌，放在家里镇宅。收枪公告出来后，苗魁交了一支，另一支则藏匿家中。此事瞒得了别人却瞒不过金虎，因为苗魁向金虎说自己买了猎枪，而且是名牌，几次炫耀给金虎看。金虎从枪托木质上断定这是两支枪，核桃木和枫木他还是能区分的。但金虎没说破此事，苗魁买枪无非为了壮胆，家中有枪，遇贼不慌。

苗魁虽买了枪却不打猎，他对金虎说枪可以随用随拿，就当是你的，我只要吃一口野味就行。金虎就问他，不用枪你买枪干吗？苗魁说这个你不懂，武林高手出手不用剑，但腰里必仗一把宝剑，我买枪就这个意思。金虎觉得他是武侠小说看多了，不用武器的武林高手只在传说里，但他觉得苗魁不动枪是对的，玩枪人都懂，枪这个东西犯邪，摸不准枪脾气的人易出事。三林区有个猎手，酒后擦枪，结果走火把老婆肚子穿了个洞。苗魁说他的枪从来不压子弹，子弹都锁在保险柜里，想走火也走不成。

苗魁对金虎金盆洗手觉得可惜，就问："你是怕胡所长？"

金虎摇摇头道："几年前就有这个念头，这次是个当口儿。"

"就不能睁一只眼闭一只眼吗？"苗魁说。

"是外孙女一句话让我有了这个念头。"金虎说，"有一次我上山，打回一只狍子、几只野兔，女儿带着孩子回来，外女儿刚两岁，看着我带回的猎物忽然哭了，女儿问她为啥哭，她说外公是个坏人，比大灰狼还坏，把这么好的小鹿和小兔子给打死了。外孙女把狍子看成了鹿，这句话让我当夜失眠，我想我手上有多少动物的命啊。"

苗魁睁大了眼道："照你这么说，我吃野味也不应该。"

金虎抬头看了看远山说："不吃也好，不造孽就会多一份心安。"

“你这是要吃斋念佛呀。”苗魁觉得金虎像变了一个人。

“我也是在事儿上悟开的。”金虎讲了自己一次打猎的经过。那次在菠萝沟他打中了一只狼，打中的是狼的肚子，照常理这狼应该跑不动了，但它还是叫唤着跑了。他沿着血迹跟上去，在一处土崖下找到了这只被打中的狼，狼上半身探进洞里，下半身还在洞外，一动不动。他估计狼死掉了，便上前抓住尾巴将它拖了出来，拖出来之后，他才发现洞里有一窝小狼，一只只惊慌失措地看着他。金虎说：“我当时就心软了，垂死的母狼是为了保护孩子才用自己的身体堵住洞口的，这是一种舍生忘死的母性啊！我扭头离开了狼窝，心里祈祷，但愿公狼还活着，让这窝小狼不至于饿死。在离开狼窝那一刻，我挺佩服自己，谁说猎手都是残忍冷酷的杀手，我一枪飙就不是！”

苗魁说:“母狼最护犊子。”

金虎点点头说:“连续三个晚上我都做噩梦,那窝狼崽把我祸祸毁了。”

“梦到啥了?”

“我梦到一群小狼围着我要妈妈,都可怜巴巴地看我,从那以后,我一看到小狗崽就会想到那窝小狼,小狼和小狗吃奶的幼崽你是分不出来的。”

苗魁心里琢磨,三林区大名鼎鼎的一枪飙变了,不仅仅因为没了枪,也不仅仅因为胡所长。

二

金虎每周三次进山放羊，倒不是为了省饲料，散放的羊体质会更好。

苗魁因为小儿子吉鳌晚上总是哭闹，心里烦，就经常跟金虎进山散心。

兴安岭的山大多是缓坡，多林地草场，适合放牧。羊群赶到草地里，有红獒看守，金虎找了片石砬子仰面躺下晒太阳，天空瓦蓝，有絮状的白云挂在天上，像小时候爱吃的棉花糖。

苗魁也跟过来躺下，嘴里衔片嫩草叶，这是一种叫酸木浆的蔓生植物，小孩子都喜欢吃。苗魁望着天空问："你说山中野兽什么最厉害？"

"民间有一猪二熊三老虎之说。"金虎道，"这种说法不是毫无根据的，老虎我没遇过，野猪和黑熊都交过手，黑熊莽，野猪猛，莽好躲避，猛就不好对付了，尤其是孤猪，见人就追，追上就咬，很多猎手都吃过野猪的亏。”

“难怪野猪排老大。”苗魁倒吸一口凉气。

“人发情不畏法，猪发情不要命，最可怕的是发情的公猪，荷尔蒙这个东西在猪身上格外起作用，能让公猪战斗力倍增，在发情公猪眼里除了母猪其他都是死敌。”金虎停顿了一下，接着道，“不过这个说法也不全对，我觉着山里最难对付是猞猁，就是耳朵上长着簇毛的那种短尾大猫。”

“听说过猞猁，从来没见过。”

“猞猁体形不大，但下口狠，往往一招致命，张三厉害吧，遇见猞猁立马就跑。”

张三是狼的别称，狼都怕的野兽人怎能不怕？苗魁哆嗦了一下。

羊群在开阔的草地上悠闲地吃草。忽然羊群有些躁动，接着红獒开始吼叫，叫声像低音炮，极具穿透力。金虎觉得奇怪，这一带没有猛兽活动，红獒怎么会反应异常？他坐起来，看到红獒是朝白石砬子后面叫，估计是那里有什么情况，便唤过红獒，系上链子，让红獒引路转向白石砬子后方。转过来一看，原来是草丛里蜷缩着一只狐狸。这是一只雌性狐狸，除了眼圈、嘴巴和四爪是白色外，其他部位通体银灰。可怜的灰狐狸被猎套套住了一只前爪，两只大耳朵直竖着，龇着利齿，惊恐地望着来人。金虎拉住红獒，一旦松手，体形庞大的红獒会扑上去将纤小的狐狸撕成碎片。苗魁也跟过来，哆嗦着掏出手机拍照，这是他第一次看到中套猎物，而且还是狡猾异常的狐狸。灰狐狸用力后退，想挣脱猎套，发出嗷嗷叫声。猎手设计的猎套像手铐，越挣扎越紧，如果套在颈部，灰狐狸早已窒息而死，所幸这只灰狐狸被套住了一只前爪，挣扎才不至于致命。

有金虎和红獒在，苗魁便有些胆壮，打量着狐狸说：“这只狐狸的皮能做条好围脖。”

金虎摇摇头道：“站上人从来不打狐狸，这是个意外。”

苗魁道：“是呀，没听说谁套着了狐狸。”

“是只过路狐狸，窝不在附近。”

“那咋办？”苗魁问。

“自然是放了。”金虎丝毫没有犹豫。

苗魁问：“我过去解套，它会不会咬我？”

“会咬的。”给活物解套是个危险营生，金虎曾经给一只活着的野兔解套，结果不小心被咬了一口，由此懂得“兔子急了也咬人”这句话是有道理的。金虎拴好红獒，去树林折了根带杈的树枝回来递给苗魁说：“你把它的头叉住，我来把套豁开。”金虎从靴子里拔出攮子，攮子比一般的匕首要短，锋利无比，是当地猎手不可或缺的防身武器。苗魁一点点逼近狐狸，想用树杈叉住狐狸脖子。狐狸先是往后退，待套绳像弓弦一样绷紧时，猛地向前跃起，咔吧一声从苗魁左侧跳过，瘸着腿跑了，猎套上留下一只血淋淋的狐狸爪。红獒猛虎般跟着跃起，却被链子拉住了，红獒像疯牛一样和链子较着劲。

苗魁动作迟疑，给了狐狸拼命一跃的机会。

“老天爷，狐狸这么大的劲儿！”苗魁惊魂未定。

“这是一只了不起的狐狸。”金虎感慨道，“断爪求生，需要拼死一搏的勇气。”

返回时，苗魁突然悄悄地说：“真是奇怪，狐狸叫声怎么像小孩子在哭呢？”

金虎没搭腔，站上的猎手有个不成文的老规矩，要把狐狸当朋友待，开始他不知道为啥会有这样的规矩，后来是一个知青说通了道理。旧时林区易发鼠疫，尤其是出血热，得上这种病十有八九不治身亡。鼠疫病毒的宿主是老鼠，而狐狸是捕鼠能手，狐狸多的地方，出血热发病率就低，所以老辈人这么说有一定道理。而且不仅狐狸，猎手很少捕杀黄鼠狼、猫头鹰，也是因为它们都是捕鼠能手，用现在的话说是益兽、益鸟。

让苗魁闹心的是吉鳌，小吉鳌生下来就食欲不佳，夜里啼哭不止。到医院检查，各项指标正常，没啥毛病。苗魁就疑心孩子是不是有癔症，找了那个起名的“高人”看，“高人”好一番叫魂儿、画符、烧纸人，能试的法子都试了，就是不见效。金虎就劝他，哪个小孩子不哭，我看吉鳌没病。但苗魁总觉得吉鳌夜里啼哭不正常，在苗魁心里，吉鳌不能有丝毫差池。

遇见灰狐狸次日，一个朋友给苗魁发来短信，说四林区有个姓莫的叉玛专看各种癔症，已经打过招呼，让苗魁去看看。朋友说这叉玛特神，很多名人找他看过病，家里挂满了与名人的各种合影。

去四林区要经过一条荒野土路，即使开车苗魁也不敢自己走，金虎便带上红獒，陪他去四林区。越野吉普沿着一条布满榛窠和蒿草的土路行驶，经过近两个钟头来到四林区，根据路人指点找到了莫家。莫家房子因为地基高、起脊高，在林场家属区很有点鹤立鸡群的样子，院子里有张油渍斑驳的长木桌，四周围着一圈长板凳，看来这是老莫的诊台了。老莫在午睡，被家人叫醒来到院子里，一副不情愿的慵懒相。让金虎惊讶的是，看到红獒后老莫的慵懒不见了，伸出手来和红獒打招呼，褐色的瞳孔像射灯一样照着红獒。一向无所畏惧的红獒见了老莫却变得躲躲闪闪，金虎能感觉到牵着红獒的链子在微微抖动，这是从来没有的现象。金虎看了老莫一眼，发现老莫眼中透出一股冷气，令人不寒而栗。

“这是一只好狗。”老莫说，“至少能出二十斤的肉。”

金虎有些生气，哪有这样夸狗的，狗是猎手最忠实的伙伴，身为叉玛对红獒应该喜爱才是，怎么想到了狗肉，何况叉玛是忌吃狗肉的，不仅叉玛忌吃，站上人、鄂伦春、达斡尔等少数民族都不吃。看来这是个假叉玛。

苗魁说明来意，报上了吉鳌生辰八字，然后把一箱北大仓白酒放到桌角。朋友说老莫喜爱喝高度酒，他特意去买了一箱北大仓作见面礼。老莫坐下来，示意苗魁也坐，却没有与金虎打招呼。老莫闭眼掐指算了算，很快睁开眼点燃一支烟连吸几口，吐出一串烟圈，然后把半截香烟掐死在烟灰缸里，盯着苗魁说：“孩子厌食，惊悸，夜啼，便稀，消瘦，对不？”

苗魁连连点头。老莫用了五个词概括孩子症状，说得都对。老莫接着说：“孩子招人喜欢，自然也会招妖魔亲、鬼怪宠，妖魔鬼怪都喜欢这孩子就不是好事了，必须降妖驱魔孩子才能好。”老莫说得吓人，这降妖驱魔可不是凡人能胜任的。

“大师给个方子吧，孩子的病就指望您了。”苗魁掏出一个红包放到木桌上，钱能通关，想免灾不破费肯定不行。“孩子好了后，会加倍孝敬您！”

老莫没动红包，目光落在那箱酒上面说：“方子肯定有，就是东西难弄。”

“啥东西？”苗魁急切地问。

“去猎猞，剥下猞猁头皮，做一顶带双耳的猞猁帽给孩子戴上，妖魔鬼怪就不敢再来骚扰孩子。”

金虎吃了一惊，猞猁是保护动物，猎杀猞猁要蹲笆篱子的。他觉得老莫这个方子是个圈套，明明知道不能猎猞，却又出了这道难题，搞不来就休怪大师不灵。金虎接触过一些所谓的民间大仙，出的方子千奇百怪，有的抓药容易，药引子却难寻，什么虎尿、龙须、肾精子，十足难为人。

“猎猞？是打猞猁吗？”苗魁问。苗魁第一次听到“猎猞”这个词。

“他知道，你回去问他。”老莫指了指金虎，大概他猜到金虎是个猎手。

“猎猞很难。”金虎插话说，“我打了半辈子猎，从没有猎过猞。”

“对头，我给人看病十几年，从不出容易的方子。”老莫眼中露出一丝不屑。

院外来了新的拜访者，两人告辞，苗魁摇下车窗向老莫摆手，这时一直默不作声的红獒突然朝车窗外发出一声低吠，声如狮吼，站在门口的老莫脸色骤变，扭头回去了。

“打猞猁怎么叫猎猞？”苗魁问。

“猞猁狡猾凶猛难以对付，不是轻易就能打到的，打体现的是藐视，就像大人打小孩，很容易，猎体现的是重视，就像势均力敌的两个人搏斗，需要斗智斗勇。林区猎手管打猞猁叫猎猞是有道理的，能猎猞的猎手会被人高看，我打了一辈子猎也没能猎到猞猁。”

“猞猁帽真管用？”苗魁想到了老莫开的方子。

金虎知道鄂伦春族一向有给女人和孩子戴猞猁帽的习俗，看来老莫也知道这个，一顶猞猁帽吓退妖魔鬼怪的说法有点玄，再说哪里来的妖魔鬼怪呢？“不管好不好用，戴个猞猁帽反正没坏处，问题是猎猞犯法。”

“大仙出的方子都怪。”苗魁说。

金虎笑了笑道：“不怪就不叫大仙了。”

金虎想起了老莫看红獒的眼神，就让苗魁给那位朋友打电话，问老莫为啥对狗感兴趣。电话接通，那位朋友说老莫喜欢吃狗肉，每年都会买十几条狗杀了吃，再厉害的狗见了老莫都会打哆嗦。

“原来如此！”金虎明白了，“屠夫身上有种看不见的杀气，狗、牛、猪、羊都能嗅出来，红獒正是嗅出了这股杀气，才一直往我身后躲。”

苗魁眉头皱成一团，说：“屠夫当叉玛，有点拧巴。”

“是不靠谱，叉玛是不应该吃狗肉的。”金虎说。

苗魁说：“不信他还能信谁？没人可信呀。”

“问题是老莫给你出了道难题。”金虎知道苗魁不可能进山猎猞，这个难题实际等于出给了他。

“你知道，我连兔子都不敢打，怎么敢猎猞？”苗魁为难道，“我就是个吃货，这件事老哥要帮我。”

“我答应过胡所长不再打猎，不能食言呀。”

苗魁道：“再想想，不行你帮我制订一个猎猞计划，你当军师就行。”

金虎被他逗笑了，心想，还猎猞计划呢，干脆叫马歇尔计划好了。

路坑洼不平，路边一个个准备垫路的沙堆像座座新坟，看上去十分添堵，车颠簸得厉害，两人唠了一路猞猁。

三

透过窗子，金虎看见苗魁正在家里摆弄猎枪。

金虎心里清楚，苗魁摆弄枪一定是为了猎猞。不知为什么，金虎忽然想起了派出所那间小黑屋，一盏昏暗的低瓦数灯泡被铁丝网罩着，高高悬挂在天棚上，四周墙壁上布满霉菌，屋内无窗，一只涂料罐做成的马桶散发着难闻的气味，铺着稻草席子的木板床坐上去吱吱响，置身其中犹如掉进了地狱，给人鬼影幢幢的阴森感。他想，苗魁要是在那里待上几天，吓也会吓死。

一天，他和苗魁正在办公室闲聊，胡所长不请自来。

"稀客呀！"苗魁起身相迎，"胡所长难得来一趟，大家一起唠唠嗑儿。"金虎点头示意后，从茶几上拈起一张报纸漫不经心地浏览。

胡所长坐在布艺沙发里，黄荧荧的目光扫来扫去，在寻找什么。金虎用眼睛余光留意着胡所长，知道来者不善。

沙发后有一只苍鹰标本，翼展达两米，立在一截根雕上保持着敛翅下扑的姿势，胡所长的位置恰好在标本下，黄眼神相当锐利，让金虎联想到了电影里的坐山雕，影片中的坐山雕似乎就是黄眼珠。

“现在许多野生动物不能打了，知道吗，老金？”胡所长并不对苗魁说话，直视着金虎说。

这个问题对于金虎来说并不新鲜，进山路口的护林防火宣传栏里就贴着禁止狩猎的告示。“能不能打都与我无关。”金虎说，“我现在是个羊倌。”

“你还是一枪飙。”胡所长跷起二郎腿说，“打猎像抽大烟，上瘾容易戒掉难。”

苗魁问：“野猪和狼也打不得啦？”

“白纸黑字写着呢。”胡所长说，“再打就是个事儿了。”

金虎心里在笑，这番话明显是说给他听的，苗魁又不打猎，如此旁敲侧击有意思吗？他不搭腔，胡所长便沉不住气，盯着金虎问：“交了枪是不是手会痒呀？”

“手上不生虱子，怎么会痒？”

“虱子有时会生在心里。”胡所长反应极快。

金虎说：“派出所还负责捉虱子？”他这样说等于戗胡所长肺管子，但他不在乎，自己不做违法之事，你胡所长再厉害又能奈我何？

“没发现老金还挺幽默。”胡所长笑了笑，接着语气变得硬起来，“三林区大小事都休想瞒过我，派出所干警不多，但网格化管理是到位的。”

苗魁连连点头道：“是的是的，没听说三林区有什么治安案件。”

胡所长道："三林区治安没问题，问题是要根治盗猎之风。"胡所长提到，有人私下交易山鸡和沙半鸡，几乎每家生态餐馆都能点到野味，派出所下决心要治理源头，刹不住盗猎风他宁可辞职。

金虎没有搭话，他觉得胡所长这件事抓得对，没有买卖就没有杀害，管住馋嘴，盗猎之风就会消停。

"枪都收了，现在还有人盗猎？"苗魁试探着问。

"只要饭店里能吃到，就说明有人在盗猎，我这个猎手终结者的使命就没完成。"胡所长话锋一转，"老金呀，那只红獒可是好猎犬。"

金虎道："养獒不算事儿吧。"

"当然。"胡所长说，"但是要办证。"

"三林区家家养狗，都办证了？"金虎问。

"土狗无所谓，藏獒特殊，是猎犬。"胡所长站起身，"办证花不了几个钱。"

胡所长的目光搜索完毕，最后停留在金虎身上。胡所长在部队担任过侦察连连长，对本职工作超自信，公开场合曾说过，自己眼睛后面还有一双眼睛。

“我去办，红獒是公司的牧羊犬。”苗魁说。

胡所长起身告辞，走到门口又回头道：“对了老金，你那只红箭已经被县局统一销毁了，按规定收缴枪支一律销毁。”

金虎浑身一颤，鼻子有些酸，装作没事的样子说：“红箭已经不属于我了。”

“其实我也觉得可惜，枪没有罪，有罪的是人。”

金虎张了张嘴，终于没有说，他知道这话是对谁讲的。

胡所长走后，金虎脑海在一幕幕过电影，锃光瓦亮的红箭像幻灯片一样一帧帧打出来。三十多年了，每天入睡前都要擦一遍红箭，这是雷打不动的程序，哪怕是除夕夜。红箭上交后睡前没枪可擦，他便到羊圈旁的狗棚与红獒亲热一番，他从不否认自己抚摸红獒时心里想的是红箭。

苗魁皱着眉头问："咋整？我们的猎猞计划咋办？"从老莫那里回来开始，苗魁心里就存了一个子虚乌有的猎猞计划，常常向金虎提及。

金虎道："好猎手听到虎豹叫会血往头上涌，他若不来，我真想洗手不干，他来威胁我，等于下战书。"

苗魁说："你改变主意了？"

"人家下的战书不敢接，脸往哪里搁？"

"不瞒你说，我家里还留着一支猎枪呢。"苗魁小声说。

"我不用枪。"金虎说，"猎手的手段并非只有用枪。"

苗魁说："三林区猎手都知道你下套厉害。"

“厉害不敢说。”金虎说,“站上人本来都有下套的本事。”

“胡所长总是对你不放心。”苗魁知道胡所长神通广大,三林区大事小情休想瞒过他。有一次自己公司丢了只羊,放羊人没发现,剥了皮的羊却被胡所长押着一个年轻人给送回来了,自己看到剥了皮的羊才跑到羊圈数羊,一数,果然少了一只,苗魁问胡所长怎么就知道这只羊是制箸公司的,胡所长说,附近四个林区就你一家饲养小尾寒羊,不是你的又能是谁的?这件事让苗魁对胡所长佩服得五体投地。

“他若信任我,我就维护他,他这样怀疑我,对我是一种侮辱。”金虎冷笑一声,“不是要事儿上见吗?我倒要看看他有啥本事。”

“小心为妙。”苗魁深知胡所长的厉害。

金虎说:“软绳子用到好处,不比钢枪差。”

“你教我下套，我来实施猎猞计划。”

金虎笑了，还猎猞计划呢，连山都不敢进。“好吧我教你，将来也好套只兔子啥的解解馋。”金虎认为即使教会苗魁下套，也不可能套到猞猁，如果猞猁那样好套，就不用叫猎猞了。

一连几天，金虎都在教苗魁制作猎套，常用的猎头套、吊脚套，以及下套的卡点、如何辨别猎物足迹等等，一样样传给苗魁。入门后，苗魁才发现当猎手有很大学问，不是打枪准就行，因为大多时候猎物在暗处，猎手在明处，如果猎物手里有枪，哪个猎手都会死上八遍。

金虎特意提醒，如果进山，一、二级保护动物万万不能套，套住就真成了大事。金虎很清楚，胡所长对套狍子、野猪和狼或许网开一面，对于捕猎濒危动物就肯定不会放过。苗魁说我只想猎猞，别的不感兴趣。金虎说我当然知道，要是有只瞎眼猞猁钻进圈套，那是它寻死，不怪你，只是别让胡所长抓到，胡所长一直想玩猫捉老鼠的游戏呢。金虎采用了一种隐蔽性极强的钢丝制作猎套，用羊做了实验，效果极好。动物嗅觉灵敏，一旦嗅出异味便会止步不前，而钢丝没有味道，还容易隐蔽。

学会下套的苗魁带了个保安进山，想试试猎套是否好用。金虎则按兵不动，金虎一动，必然打草惊蛇，因为胡所长那双黄眼珠不会闲着。

苗魁进山虽然没有收获，但一次比一次走得远，让金虎惊讶的是，苗魁甚至去了人迹罕至的四方台。

四方台是一处高山平台，三面陡立，南面缓坡，台上长满柞树、杨树和白桦。三林区关于四方台有不少传说，大意是这地方犯邪，容易出意外。林区有个叫吴二愣的年轻人，在秋季进山打猎，据说是为了追赶一只四不像才到了四方台。兴安岭的秋季已经寒意袭人，吴二愣那天戴一顶兔皮帽子，反穿一件兔皮背心，扛一支老式火铳，撵那只四不像撵得满头大汗。上了四方台却不见了四不像，四不像很大，明明就在前面林子里若隐若现，怎么突然就蒸发了呢？吴二愣在靠近绝壁的草地上转悠，正在纳闷儿，忽然间一只金雕从天而降，抛出利爪一把抓走了他的兔皮帽子，并生生扯下他一块巴掌大的头皮。金雕这一爪差点要了吴二愣的命，因为流血不止，他用枪药止血，跌跌撞撞从山上回到家。因为这趟进山，吴二愣头顶上留下一个不长头发的大疤，形状恰似四方台。林区人由此说四方台去不得，三面是绝壁，四不像怎么会往那里跑？一定是吴二愣着了魔，才上了金雕的道儿。金虎分析过此事，认为是金雕的巢筑在绝壁上，金雕感受到了危险才对吴二愣进行驱离。还有一种可能是金雕误把那顶兔皮帽当山兔，一个俯冲将帽子抓了去。不管怎么说，吴二愣之后，很少有人再去四方台。四方台东面悬崖下是一条小溪，小溪两岸生长着许多高大的黄菠萝，小溪因此得名菠萝沟。大山里的事特怪，有宝贝的地方往往很危险，比如有山参的地方就会有蝮蛇盘守，有好树的地方多有黄蜂筑巢，菠萝沟的草丛里多蜱虫，毒蛇易驱，蜱虫难防，那种像臭虫一样的小东西能不痛不痒、不知不觉地钻进你的皮肉里，甚至夺你性命。苗魁敢冒险去四方台，说明欲望能撑大胆子。

苗魁从四方台下来直接到了金虎家，拿出用手绢包好的一撮兽毛，问是不是猞猁毛。

金虎捏起兽毛，仔细辨认了许久，说可以肯定这是食肉猛兽的毛，但到底是猞猁还是豹子却不好鉴别，从颜色上看像猞猁，因为这撮兽毛和猫毛相似。他问是在哪里发现的，苗魁说就在四方台。能发现这撮毛简直是天意，前一天，他在四方台南坡设了个套，当夜做梦就梦到套住一只猞猁，猞猁像豹子一样大，他打了三枪才将猞猁撂倒。醒来后估摸今日上山有戏，便直接去四方台遛套，尽管没套到猞猁，却在一片榛窠丛上发现了这撮毛。

“这是山神爷给我的信号。”苗魁说。

金虎捏着那撮毛反复嗅着说：“明天我进山去看看。”

四

一般来说金虎进山离不开红獒，没有红箭，红獒便是金虎不离不弃的伙伴。红獒也是胡所长监视金虎的参照，红獒在金虎就在，红獒不在金虎肯定进山。胡所长在派出所二楼北窗只要拿望远镜一瞧，见红獒趴在那里，他的心才会放下。

为了避开监视，金虎这次进山没带红獒，凌晨天刚放亮时，他和苗魁悄悄进了山。苗魁背了一个双肩包，里面有吃的，有水，还有两件雨衣。金虎说这个包好，可以搞点山货回来。

去四方台的路崎岖难走，金虎眼睛一直盯着左右林子中的枯树，苗魁感到奇怪，不看脚下看枯树，枯树会有什么？忽然，金虎走到一棵枯死的老柞树下，跷脚摘下一个猴头菇，又在相距七八步的另一棵活着的柞树上找到一个。猴头菇是好东西,用来炖鸡最好,苗魁很是羡慕,但无论他把眼睛睁多大就是发现不了,倒是金虎又采到了几个。金虎说:“把猴头菇装到包里,下山是个交代。”苗魁问:“跟谁交代?”金虎笑了笑道:“等下山你就知道了。”

“这一趟,我们只是侦察,目的是发现猞猁踪迹。”金虎说。

“一想到实施猎猞计划我就特兴奋,像是要做一件惊天动地的大事一样。”苗魁说,“有你一枪飙出手,心里踏实。”

“我说了,只是侦察,不一定出手。我只是想发现并锁定它。”

森林弥漫着潮湿的雾气,间或有松香和蓝莓果味飘过。金虎喜欢这种森林中的空气,似乎能洗滤肺叶一般,让人呼吸舒畅。林下的草地软软的,野葡萄藤覆盖着经年的落叶和松针,踩上去如同踩着海绵，每一步都似乎要弹跳起来。自从红箭上交，金虎没有再深入林地，更没有来过四方台，在猎手划分的区域里，四方台是个忌讳很多的危险区域，因为这里与对面的保护区只有一河之隔，到这里打猎，就像在金库门口捡炮仗，容易惹上大事。

金虎并不认为胡所长是个恶人，但不能接受胡所长的武断和猜忌，胡所长公开宣扬，自己到三林区任所长最重要的使命是做猎手终结者，这话有点大，没把三林区几十号猎手放在眼里。人是靠狩猎走向文明的，谁能做猎手的终结者？你胡所长能改变的无非是狩猎方式而已，收了枪就不能狩猎了吗？枪的出现不过百十年，可是人类狩猎却有着超过五千年的历史。

林地无风，只有两人嚓嚓的脚步声。前面的苗魁正大步前行，金虎后面喊了一声：“小心！”苗魁收住步，回头一脸疑惑地看着金虎。金虎走过来，指了指苗魁脚前的山葡萄藤，那里拉着一条细细的丝线。金虎走过仔细看了看，原来是猎手设的猎套。金虎拔出攮子，一刀挑断了猎套，两人继续前行。走了百余步，金虎再次喊停，这次不是遇到猎套，而是一棵白桦树的树杈上绑着一架小型摄像机，镜头对着正前方一片开阔地。这是热成像监视器，金虎说："不管白天黑夜只要有动物或人经过，都会被录下来。"

"谁安的呢？"苗魁十分紧张，如此来看，自己多次进山肯定被拍到了。

"还能有谁。"金虎已经猜出这是胡所长设的机关，估计不会只这一个，这种监控方式很方便，可以适时将图像传输到手机上，能监控野生动物，也可以监控偷猎者。"不愧是侦察连连长，手段不少。"

苗魁变得神情忧郁起来，他担心四方台一带也会布有监控，如果有，猎猞计划将无法实施，尽管金虎压根儿就没制订什么猎猞计划。

金虎之所以来四方台，并不是真要猎猞，他更多是想做一种姿态，迎接一个挑战，只要能发现猞猁也就足够了，不一定非要猎猞成功，就像军人火控雷达锁定目标，能锁定，就有击落的能力，不一定非要开火。当然，苗魁想法不同，为了孩子夜里不再啼哭，苗魁做梦都想猎猞成功，做一顶猞猁帽。

到达四方台南坡，时间已是近晌儿，苗魁找到那片发现兽毛的酸枣窠。金虎仔细察看一番后心生疑窦，看周围的地形和树木，只有几棵不大的白桦，地上的草也不密，酸枣窠却长势很猛。这环境似乎不是猫科动物盘桓的地方，猞猁钻到带刺的酸枣窠里干什么呢？他用树枝扒开榛窠丛，发现了榛窠丛下面有一条通道，通道连着一条浅沟，浅沟通向几十丈高的悬崖，走到悬崖边探头下望，只见陡立的怪石湮没在错落的树冠中，人若想下去，只能系着绳子攀爬。

“猞猁窝不会在这种地方,幼猞会掉下去。”金虎很肯定地说,“这里可能会有鹰巢，鹰会捕食幼猞。”他想起了被金雕抓伤的吴二愣。

“这撮毛是哪来的呢？”

“难说。”金虎想,狡猾的猞猁不会把家安在没有退路的地方。苗魁建议可不可以在这里设个猎套,权当试试运气。金虎同意了苗魁的建议,他也想搞清这撮毛到底是什么野兽所留,便亲自在榛窠丛里布下一个钢丝猎头套。他对自己说,若真能套住一只猞猁,将是自己狩猎生涯中的一个记录。

下好猎套,金虎说抓紧往回走,在山上时间长了会引起怀疑。

两人在四方台转了一圈,发现了一只被啃食过半的狍子,这个发现说明此地不排除大型食肉动物存在。两人从南坡来到菠萝沟。菠萝沟是个大白天也有雾气的地方，站上人认为大树到了一定岁数，就会吞云吐雾。菠萝沟长满高大的黄菠萝，林间无路，荆棘缠腿，沟底小溪边长满了小叶樟。这条淙淙流淌的小溪是科洛河的源头，水质清澈，有成群的小鱼在游动。在溪水边金虎发现了野猪和狍子的粪便，他估计这里应该有食肉动物活动。一般来说，大型食肉动物是伴随着野猪、狍子的栖息而出没的，不像杂食的黑熊，只要有橡子、野果和庄稼就可以随遇而安，而处在食物链顶端的大中型食肉动物，会有意识地避开人类活动区域，到最隐蔽的地方划定活动范围，它们也许知道，人类才是自己的天敌。

菠萝沟与对面的保护区只有一河之隔，在这里绝不能下套，这一点金虎很清楚。金虎对苗魁讲过下猎套要诀，那就是窝口、兽道、水源和便溺点，一般来说，选择动物窝口下套成功率最高。其次是动物走的路线，动物喜欢走自己熟悉的路，走多了，便形成了兽道，选择兽道狭窄处下套，是套狍子、鹿和野猪的好办法。动物需要饮水，动物饮水也喜欢去自己认为最安全的地方，选择动物饮水处下套，就容易捕获猎物。食肉动物领地意识强，喜欢在领地边界留下痕迹，动物留痕是用便溺气味警示入侵者。这些溺点大都在树下，便于设置猎套。因为学到了这些诀窍，苗魁很有点跃跃欲试的意思，建议金虎在河边下猎套，金虎指指对岸的树林，告诉苗魁在这里下套，不但带不走猎物，反而会把自己送进笆篱子。

金虎计划在下午五点左右进村，因为吃饭时间胡所长不会上街。

三林区村口有两棵被人们称作杨树门的大杨树，过了杨树门便是街两旁用板杖子夹成的一户户院落，家家房子都是红砖铁皮瓦，规矩有序，营房一样立整。傍晚的村落十分宁静，夕阳像一只硕大的蛋黄在西山坡上慢慢摊开来，让树木和房屋的影子渐渐模糊起来。走近大杨树，猛然间迎头碰上了胡所长。胡所长从杨树后转出来，左手持一台对讲机，右手插在裤兜里，一双黄眼珠盯住了苗魁的背包。苗魁愣住了，止住脚步问：“胡所长在这等人？”

“进山了？”胡所长并未回答苗魁的提问。

苗魁回答说：“闲着没事，进山转转。”

胡所长扭过头看着金虎问：“闲着没事？”

金虎面无表情地道：“杀了只鸡想炖了下酒，一翻，没猴头菇了。”

“进山采猴头菇？”胡所长道，“林子里蚊子叮、瞎蒙咬，为了采点猴头菇遭这份罪？”

金虎不得不佩服胡所长，这双黄眼珠能看到人的骨缝里。多亏这次没套到猎物，否则就被抓了现行。胡所长围着两人转了一圈儿，看到金虎两手空空，便把目光聚焦到苗魁的双肩包上：“一个猴头菇没采到？”

苗魁打开背包，拿出几个新鲜猴头菇，笑着说：“拿两个回去炖汤吧，大补。”

胡所长摆摆手，目光却在打开的背包里打转，背包里除了吃的再无他物。“一枪飙有采猴头菇这份闲心，难得，看来三林区的獐、狍、野鹿有福了。”

金虎听出了胡所长的话味道不对，但似乎并无恶意，就不咸不淡回了一句：“这些獐、狍、野鹿要感谢的是胡所长，是胡所长终结了三林区的猎手。”

“要感谢的是政策，好政策才是它们的护身符。”胡所长说话很有公职人员的高度。

金虎问：“胡所长要是没事，我俩回去炖鸡了。”

胡所长道：“我没事，最好你们也别有事，我可不想事儿上见。”

苗魁和金虎没有接话，“事儿上见”是胡所长的口头禅，这句口头禅一出，说明他已经做好了平事儿的准备。

胡所长先走了，步伐不紧不慢。刚才他是从杨树后出来的。金虎走过杨树时扭头看了看，树后有个木墩，木墩周围长满了龙葵，很多龙葵果实已经变黑，黑是熟透的标志，胡所长刚才是一边吃龙葵果一边在等他们。他心里骂了一句：他妈的，这小子挺会享受的！

金虎先去看了红獒，与红獒亲热一番。苗魁在办公室让食堂准备了几道菜，还备了些啤酒。苗魁说："喝点解解乏。"能看出苗魁心里有事，这是让胡所长吓的，金虎想，苗魁胆子小，胡所长阴阳怪气那么一说，苗魁肯定心里有了负担。

金虎坐下来，两人各擎一瓶啤酒对饮。苗魁说："胡所长说的事儿上见，是啥事呢？"

金虎抓起一只鸡爪啃了几口，道："盗猎。"

"可是，你的枪已经交了。"

金虎专心啃着鸡爪，鸡爪极好吃，能吃出江葱和野花椒的香气。“我不知道他为啥不放心，大概因为我是一枪飙吧。”

“胡所长疑心太重，好像我俩进山就是做贼一样。”

金虎说：“人家没错呀，我俩进山确实是下套了，就凭这一点，我挺佩服他的。”

苗魁说：“既然胡所长这么盯着你，咱就别往枪口上撞了，那个猎猞计划先放放吧。”

金虎咕咚咚一口气喝了一瓶，把酒瓶往茶几上一蹾，说：“我一枪飙是被吓大的吗？”

“你想和他对着干？”

“我本想吃素，他却总拿着肉在我面前晃荡，我若不吃，就是牙口有问题了。”

苗魁点点头说：“我知道你想气气他。”

“赌气归赌气，但猎猞不在其中。”金虎说，“猞狲是早就明确的濒危保护动物，红箭在手我也不会打。”

苗魁眼圈有些泛红道:“我不难为你,大哥。”

“不过四方台一带确实有猞猁，我的感觉不会错。”金虎说。

五

对于苗魁来说，金虎的话是最准确的情报:四方台一带有猞猁。

苗魁悄悄到四林区找了一个叫高老大的猎手，许诺一旦猎猞成功,就付一大笔钱,高老大说猎猞太难了,又没枪,苗魁说枪他来想办法,高老大只要在家听招呼就行。两人约定对此事要保密。高老大认识金虎，说你们三林区有个一枪飙为啥不找,苗魁说一枪飙树大招风,出马不方便。

苗魁几乎每天都去四方台遛套，猎套总是空的,连只野兔也没套到,不免有些泄气。陪他的保安说,听说下套不能天天遛,三五天遛一趟就行。但苗魁心里急,希望某天猎套能勒住一只猞猁。这些日子吉鳌厌食症有些加重,吃啥吐啥,他给老莫打电话，说猞猁不好弄，可不可以变通换个兔皮或貉子皮帽子。老莫语气生硬地回答说，妖魔鬼怪比人精，糊弄他们是作死！一句话，让苗魁打消了替代想法，一心一意实施他的猎猞计划。

金虎知道苗魁的想法，说你就是发现了猞猁行踪也套不住它，猎猞对于猎手来说好比奥运会上的五项全能，一个猎手能猎到一只猞猁，在整个林区可以横着膀子晃。

一天，从四方台南坡下来，苗魁有点疲惫，一趟趟白跑，让他开始怀疑猎套是不是好用，跟随他的保安也有点失望，打猎原本是很刺激的事，可是连只麻雀都逮不到，这一天天进山还有啥意思。苗魁从背包里掏出水壶，倚着一棵老柞树歇息。柞树周围有些黑蜂飞来飞去，其中有几只落在了他头上，他抬头挥手驱走了黑蜂，忽然发现头顶树枝上趴着一只小花猫。坐在草地上的保安也看到了，指着树上说："苗总，你头上有只小猫！"

苗魁定睛再看，小猫睁大一双圆眼惊恐地望着他，小猫的眼睛又圆又大，很可爱的模样。苗魁说："这大概是只被遗弃的野猫崽，怪可怜的，抱回去养着吧。"

保安爬上树，小野猫挥舞两只前爪想反抗，但实在太小了，大概还没断奶，只能乖乖就擒。苗魁解开背包，将小猫装到背包里，小猫很老实，不挠不叫，两人下山回村。

苗魁回来时，金虎正在派出所门前的小广场上看人下棋。苗魁打来电话叫他去办公室。他赶回来看到了空纸箱里的小猫。金虎惊呆了，问："哪里逮的？"

"树上捡的，估计是老猫遗弃的。"苗魁道。

"什么老猫小猫，这是猞猁崽啊！大猞猁呢？"

苗魁又惊又喜，他从没有见过猞猁崽，以为这是一只被遗弃的小野猫，金虎这样一说，他抱起猞猁崽左看右看，疑惑地问：“凭啥就认定这是猞猁崽呢？”

金虎告诉他，猞猁崽和小野猫的区别主要看两处，一是尾巴，猞猁崽的尾巴短粗，而小野猫的尾巴却细长；再是看耳朵，猞猁崽的双耳尖已经有了簇毛的轮廓，而小野猫却耳毛均匀。猞猁一窝大都只有两只，而且母猞猁照顾极为上心，一般来说猎手能猎到成年猞猁，想抓到小猞猁却不易，因为母猞猁会把猞猁崽藏在十分安全的地方。

苗魁说了发现这只猞猁崽的经过。金虎断定这是一只被猞猁妈妈弄丢的幼崽，母猞猁很可能有两只幼崽，先叼了一只走路，想不久再回来叼这只，正是这个空当，被苗魁捡到了，估计母猞猁一定急得发疯呢。金虎想，发现这只猞猁崽不是件好事，说明以四方台为领地的猞猁很可能在搬家，一定是苗魁频繁去四方台惊扰了它们。

“有了猞猁崽，不愁抓不到母猞猁。”苗魁说，“把小家伙放哪里呢，不能让胡所长看到。”

“胡所长见了就是件大事。”金虎说。

该怎么安置这只猞猁崽成了难题，两人商议还是藏起来稳妥。

“藏到哪里呢？”苗魁很犯难，“再说，这小东西会一天天长大，纸包不住火。”

“放到羊圈养着吧，以后再做主张。”在说出这句话的时候，金虎知道自己已经成了苗魁的同犯，等于把柄已经递给了胡所长，能不能蹚上事儿就看运气了，他仿佛看到了胡所长那双黄眼珠正透出的阴森冷光。

“那就藏在羊圈里。”苗魁也觉着只能这么办。

与金虎的忧心忡忡相比，苗魁显得特兴奋，毕竟发现了猞猁踪迹，猎猞计划等于敞开了大门。金虎抱着猞猁崽去了羊圈后，苗魁给高老大打了电话，说枪和子弹已经备好，让高老大随时准备着，啥时进山猎猞等他通知。

金虎抱着猞猁崽来到羊圈，特意选了羊圈最靠里的一间羊舍来安置小家伙。小家伙喵喵直叫，他找了个奶瓶给它喂了一袋羊奶，小家伙才安静下来。

次日一早，胡所长果然来了。红獒每次见到胡所长都会叫，但叫得并不凶，是一种警告或报信似的叫。金虎听到红獒叫，从羊圈里出来，不冷不热地打了个招呼："早。"

"早。"胡所长回了一句，站在围墙外朝羊圈里面看，里面一百多只小尾寒羊有立有卧，平静安详。胡所长问："这两天养羊挺上心啊。"

"闲着也是闲着，收拾一下羊圈让羊也干净干净。"金虎没猜错，胡所长一直在盯着自己的一举一动，这么早来羊圈，说明胡所长发现了某种异常。

“收拾羊圈好，收拾羊圈不会有事。”胡所长点上一支烟，倚着围墙说。

“不收拾羊圈也不会有啥事。”金虎的话不软不硬。

“没有事最好。”胡所长用夹着烟卷的手在面前画着圈，“说实话我最担心是你惹事，你毕竟是一枪飙！”

金虎哈哈笑起来说：“你放心，没了枪一枪飙就是个空名。”

胡所长掐灭烟，回头看了看羊圈，走到红獒的窝前观察了一番说：“要拴好，别伤人。”

“红獒是经过训练的，只咬坏人。”

“坏人脸上又没写字。”胡所长说，“对了，抓紧去所里办证，要依法养犬。”

他点点头。六子几次打来电话要他给红獒办

证，他在电话里还质问六子，林区家家户户都有狗，谁办证了？六子说你和别人不同，所长说了，你是重点中的重点。他知道六子是奉命行事，不能难为这个兄弟，答应找个时间就去办，办证就像结婚登记，该选个良辰吉日。

临走时胡所长道："祸从口出，也从口入，贪吃一口野味，结果蹲了笆篱子，不值！"金虎说："我虽然是猎手，但从来不得意野味，打猎是图个刺激。"

"好。"胡所长点点头，"不馋就少报应。"说完，做了个扩胸伸展动作就走了。

金虎明显可以看出胡所长嗅到了什么味道，否则不会一清早来羊圈，眼珠骨碌碌乱转。苗魁问是不是猞猁崽被发现了，他说不像，胡所长如果发现了羊圈有猞猁崽，不会这样离开。入夜，金虎失眠了，总觉心里不安，半夜起身喝了几口烧酒才昏沉沉睡过去。

以酒催眠，入睡早醒来也早。天尚未亮，金虎便被一声鸡叫唤醒。七月林区的清晨，空气本来是甜润的，金虎却闻到了一股腥味，腥得发咸，带着几许黏滞。猎手的嗅觉格外敏感，这种味道让他预感到某种不祥。他披上衣服快步奔向羊圈，路上还想，有红獒看守羊圈应该是安全的，红獒的吠声，足可以唤醒整个林区，没人敢来偷羊，更何况林区治安一向不错，站上人夜不闭户的淳朴民风一直保留至今。

走近羊圈，情况有点不对，红獒趴在狗棚前两丈远的地方，铁链子拉得很紧，一动不动保持着匍匐的姿势。以往，红獒听到他的脚步，会欢快地迎上来，今天这是咋了？他叫了一声，没有反应，再叫，红獒还是不动，他跑过去俯身一看，红獒已经死了。

“谁干的？”他马上就想到了胡所长，仅仅因为没有办证，就来杀死红獒吗？他很快否定了自己的猜测，胡所长不会这么做，完全可以正大光明来没收，不会杀死红獒。那么这是谁干的？红獒没有激烈反抗，也没有吼叫，无声无息地死去只有下毒一种可能。

仔细查验后才发现，红獒原来是颈椎被生生咬断，从深深的咬伤来看，是一招致命。他忽然想起了什么，跳进羊圈，跑到最里面的那间羊舍一看，猞猁崽不见了。羊舍的门虽然关着，但通风透气的窗子却一直开着。猞猁崽应该是通过这个窗子被叼走了。他明白了，是母猞猁来救幼崽并袭击了红獒。母猞猁能够袭击成功，应该得益于拴着红獒的铁链，如果红獒不被拴住，猞猁不会这么容易得手。现场的迹象表明，母猞猁很可能出其不意跃到红獒身后一口咬住了红獒的脖子。泪水从眼角汩汩流下，滴在抚摸红獒的手背上。如果把那个不锈钢项圈给红獒戴上，猞猁是下不了口的。他觉得很对不起红獒，刚刚一岁多的红獒还没有一展身手就这样走了，一岁对于人来说还是个孩子。

“该死的猞猁！”他恨恨地说，“你若救子，直接去羊舍就行，为什么要对红獒下死口？红獒被铁链拴着也不会去拦你、追你，你叼着猞猁崽走就是了。”

苗魁赶来了。苗魁不相信红獒被咬死、猞猁崽丢失的现实，他说：“这怎么可能，怎么可能呢？这猞猁比CIA（美国中央情报局）下手还利索，这可是藏獒啊！”

“都怪我没放开红獒。”金虎很内疚。

“猞猁够狠！”苗魁看了看红獒的伤口。

“这就怪不得我了。”金虎站起身，望望不远处的山林，从牙缝里挤出一句话，“是你逼我出手的！”他弯下腰解开拴着红獒的铁链，脱下自己的夹克衫盖住了红獒的头。

“找把锹来，到林子里安葬红獒。”金虎说，“红獒的证还没有办下来，在派出所没名分。”

苗魁拿来一把锹，还带了条毯子，两人用毯子裹起红獒，将红獒抬进山，找了一棵山楸树，把红獒埋在了树下。金虎特意堆起个坟包，并在坟包前横了块土坯大小的石板。金虎嘱咐说，这件事不要对外面讲，有人问，就说红獒送人了。

六

金虎说，他要亲自去四方台猎猞，这个决心下定了。

金虎下猎套一丝不苟，不仅隐蔽，连尺寸都拿捏到位。苗魁知道此前自己下套为何形同虚设了，明晃晃一个圈套横在那里，傻子才会往里钻。设套，是一个研究猎物的过程，猎物的大小、习性、路径、忌讳等等，必须样样琢磨透才能提高中套率。金虎把下猎套的心得说与苗魁，苗魁觉得之前自己只不过学了点皮毛，下套的学问原来很深。

来到四方台，金虎并不急着下套，而是像工兵探雷一样仔细查看脚下每一处动物走过的痕迹。探察好的地方，他不毁坏周围植被，更不打桩来固定猎套，而是因地制宜固定猎套，有树用树，有岩石用岩石，这样固定起来猎套就不易被发现。苗魁由此想到此前设的猎套，周围的草都被自己踩倒了，猎物自然会警惕。

金虎进山头一次下套猎获了一只野兔。这是一只灰褐色的野兔，有四五斤重的样子，遛套时野兔还没有死，只是被勒昏了。他解下野兔，把它放到一处树荫处。他不想收这只猎物，因为胡所长就在村口蹲坑，一旦发现他带回了猎物，计划将无法实施。过了一会儿，野兔苏醒过来，惊恐地看了周围几眼，颤巍巍蹦跳着离开了。

金虎因为套住了这只野兔变得忧心忡忡。野兔来此觅食，说明这里短期内没有天敌存在，野兔虽憨，但嗅觉灵敏，鼻翼一刻也不停止翕动，任何食肉动物的膻味都会将它吓跑。难道自己感觉错了？他之所以判断四方台有猞猁，是上次和苗魁来此，发现了一处猞猁的粪便。猞猁粪便与狼粪相近，多呈浅色，但狼粪断节明显，而猞猁粪却是橄榄形，一看就是猫科动物的粪便。他在发现猞猁崽一带查看了很多树，尤其是高大的枯树，希望能找到猞猁藏身的树洞，但这一带的树都很健康，没有大的树洞，很显然猞猁崽是从别处来的。

“想和我捉迷藏，等着瞧吧。”他自言自语道。

为了不引起胡所长的注意，他进山时会赶上羊群，羊群一到草地，照看的事便交给那个保安，他和苗魁便直奔四方台。这次进山，他从自家鸡舍里抓了一只芦花鸡。

“猎猞需要诱饵。”他对苗魁说，“当然，我不会让它吃了芦花鸡，我老婆还指望它下蛋呢。”

猎猞的最佳地点已经选定，就在离悬崖边一道草沟处。草沟底有野兽走动的痕迹，很多草呈倒伏状。猎猞的钢丝套布在沟口一处洼地，周围净是齐腰深的榛窠，芦花鸡被绑在榛窠中央。猎套用铁丝固定在一棵白桦树根部,凭猞猁的力量不可能拉断这棵白桦。精心布好猎套,他对那只咕咕直叫的芦花鸡说:“别怕,我会抱你回家。”

接下来,他又在悬崖边设了个猎套。“我闻到你的气味了,你跑不了。”金虎这次自言自语提高了声音,“一命抵一命,红獒不能白死!”

“我们在哪里等着?”苗魁问。

“自然是回家,明天来遛套。”

离开四方台时,他回头看了看那只芦花鸡,自言自语道:“我知道拴着你你没法跑,就像我将红獒拴起来让红獒丧了命,但真的没办法,舍不得你就猎不到猞猁。”他对苗魁说过,红獒皮肤松弛,如果不是铁链勒住脖子,就算被猞猁咬几口也无大碍,红獒那种沙皮狗一样的皮肤,能化解对方的咬力。

赶着羊群走到村口,远远望见了杨树门,他猜测胡所长一定在那里坐着。走过了杨树门,没见到胡所长，他觉得有点奇怪，就回头望了望，却见胡所长骑着摩托车从后面赶了过来。胡所长骑摩托车进山干什么？刚才怎么没见到？他满腹狐疑，回过头来假装若无其事往前走。

摩托车在身旁刹住了，胡所长两条腿支在地上问："老金啊，怎么一下子变出仨羊倌来？"

"我俩进山跟着玩，三个人正好玩斗鸡。"斗鸡是一种打牌玩法，苗魁这么说等于给自己和保安找了个借口。

"红獒呢老金，怎么几天不见了？"胡所长不知道红獒被咬死的事。

"红獒嘛，去了该去的地方。"金虎回答说。

"那你说，红獒该去哪里？"胡所长并不满意金虎的回答。

"红獒是纯种藏獒，被人借去当獒爸爸了。"金虎临时想出一个答案，这种说法容易被接受，养獒的人没有不借种的，当然要付费。

胡所长没再深问，却对三个人进山的动机生了疑心，进山玩斗鸡，这是糊弄小孩吧，他盯着保安背的帆布包问：“鼓囊囊的，又是猴头菇？”

保安把背包打开亮给胡所长看。胡所长瞥了一眼，没发现猎物，只有一把小工兵锹，锹不算武器，他撂下话道：“我总觉着你们在谋划什么事，咱可丑话说到前头，低头不见抬头见，千万别在事儿上见。”说完，一踩油门走了。

金虎看着绝尘而去的摩托，知道胡所长的怀疑加重了，胡所长肯定发现只有保安一人在放羊，对他俩去四方台的行踪有所察觉。他想，一旦猎猞成功，必须在山上就地处理，如果带下山就会人赃俱获。

为了不引起胡所长注意，次日，他们没有赶羊群进山，两人起早便悄悄离开了村子，想早去早回。

到四方台来回要三个小时，这样，在九点之前就可以神不知鬼不觉地赶回来。

来到设套地点，两人被眼前的一幕惊呆了，洼地里的芦花鸡不见了踪影，草地上有鸡毛和血迹，很显然芦花鸡被什么动物吃掉了。再看榛窠里的钢丝套，竟然完好无损。

“厉害！”他嘟哝了一句，“好机灵的家伙！”

他吸了吸鼻子，嗅到了一股尿臊味，四处观察，忽然发现几十步外的柞树林里有个灰色的东西闪了一下，很快又不见了。

“我看见它了。”他咽了一口唾液，“这家伙也在观察我们呢。”

苗魁什么也没看到，睁大了眼睛四处张望。

“不用看了。”他说，“回吧，明天再来。”

苗魁看了看空空的洼地说：“可惜了芦花鸡。”

两人下山很早，这次没见到鬼使神差般的胡所长。但金虎明显感觉到有一双黄眼珠在杨树下盯着自己。他没有回头，心里却说："你累不累呀，小孩子躲猫猫一样。"

七

在四方台这个方圆不到一公顷的地方，金虎已经损失了三只鸡。除了那只芦花鸡外，他还从集市上买了两只红公鸡，公鸡更醒目，叫声也响，更容易引起猎物注意。但三只鸡都被吃掉了，洼地里一地鸡毛，钢丝套完好无损。

“好难缠的家伙！”金虎看着那块被榛窠围起的小小洼地，怒气像烧开的水从七窍往外直喷热汽。

苗魁更是着急，心想，这样干不是白白喂猞猁吗？昨夜，他给高老大打电话，说，可以肯定四方台上有猞猁活动，只是露了下头就跑了。苗魁对下套猎猞有点信心不足，如果金虎有枪，那天见到的那只灰色的动物是跑不掉的。但金虎坚持不用枪，说，一开枪性质就变了。苗魁心里也清楚，金虎虽然不怕胡所长,却一直避免与胡所长正面发生冲突。金虎说过,他给自己定了个规矩,红箭上缴后不再动枪,规矩是不能破的,就像猎手不打狐狸和黄鼬,这是祖辈留下的规矩,规矩肯定出自教训,不守是要吃亏的。苗魁知道金虎的心理,笆篱子形成的心理阴影还在,苗魁盘算着一旦发现猞猁踪迹,就把金虎择出来,让高老大上山猎猞。

金虎设在悬崖边的猎套套住了一只狼。狼被套住脖子后吊在悬崖上，遛套发现时狼已经僵硬了。金虎把死狼拉上来，苗魁一看死狼腿肚子就转筋了,站在一旁哆嗦个不停。狼褐色的皮毛有些斑驳,龇着利齿,双眼圆睁,舌头耷拉在嘴巴一侧。金虎解下猎套,用工兵锹在不远处挖了个坑把狼埋了。按规定狼也不能打，一旦被胡所长发现就成了事儿。前几天,他让苗魁去办狩猎证,胡所长不给办,理由是上级严控狩猎,除了鄂伦春、鄂温克等少数民族有几个指标外，其他人一律停办。不知是不是胡所长有意限制，反正他的用意很清楚，就是让一枪飙从此成为历史。

“我很想要这张狼皮。”苗魁觉得把狼埋掉有点可惜，“都说用狼皮铺座椅辟邪。”

林区人喜欢用狼皮做垫子，就像某个国家喜欢用狼皮做羽绒服领子，是一种习惯而已，说辟邪就有些牵强。金虎知道如果带张狼皮回去，怎么能逃过胡所长那双猎犬一样的黄眼珠，那样的话猎狳计划就会前功尽弃。但他没有说这些，只是告诉苗魁，夏天的狼皮掉毛，想要的话到冬天再打。

苗魁看着金虎掩埋死狼，不禁就想起前些日子掩埋红獒的那一幕，红獒如果活着，那天看到的一团灰色就不会跑掉。他听一个老猎手说过，狩猎必须带狗，老祖宗在造“狩猎”两字时加上“犬”字旁就是这个道理。

“明晚是月圆之夜。”金虎说，“我们要在四方台住一夜。”

苗魁说：“住几晚都行，我们用不用换个诱饵？”

“不用，它已经吃顺了嘴。”

回来后，苗魁去鸡贩家中挑了一只公鸡，用蛇皮袋拎着往回走，恰好遇到了胡所长。胡所长叫住他，问他拎着什么。在看到是一只公鸡时胡所长皱起眉头问：“你一连几天买鸡，整啥事呢？”苗魁愣了一下，说最近淘了个偏方，公鸡炖鲜猴头菇治胃寒脾虚，不光买鸡，这几天还老是上山采猴头菇，这猴头菇越来越难采了。苗魁一谎两答，让胡所长下面的问题不用再问。

“我说你和一枪飙怎么老往山里钻呢，原来还是采猴头菇，这三林区的猴头菇怕是叫你俩采光了，不过我可提醒你，别整啥事儿。”

苗魁手一摊问：“我俩能整啥事儿？”

胡所长歪着头说："告诉一枪飙，我脑壳后面可是长着眼呢，别再想打猎的事。"

苗魁心里直突突，胡所长那双黄眼珠像鳄鱼眼一般瘆人，仿佛带着芒刺，能扎透人的皮肤。

苗魁回来对金虎说刚才遇到了胡所长，把胡所长的话复述了一遍。金虎笑了笑，心想，胡所长不生疑心才不正常。

"明天改成下午进山。"金虎说，"我问六子了，胡所长午饭后要午休，一般会睡到一点半，咱俩明天一点钟进山。"

上午，两人特意在办公室若无其事地喝茶，金虎知道，胡所长通过望远镜能看到办公室的情景，苗魁特意拉开窗纱，打开了窗户。中午吃过饭，两人按照约定时间，分头出村，过了杨树门再会合进山。

来到四方台，仍然在那块洼地里拴好公鸡、布好钢丝套。苗魁问，为什么总在这块洼地下套，不能换个地方吗？金虎说，设套如同钓鱼，打好的窝子最好别换，因为动物和人不一样，人喜欢见异思迁，动物喜欢老路重走。这一次，金虎在卡点布套后，又在公鸡身边增设了一个触发式钢丝套，鸡被叼走时就会触发猎套，一下子将偷鸡者套住。一切就绪，金虎轻轻拍了拍公鸡道："你若立功，我养你到老。"

黄昏降临，昆虫鸟兽的奏鸣曲让四方台变成了一个名副其实的舞台，不时有鸮声在耳边响起，一会儿像年迈老人的咳嗽，一会儿又像婴儿的啼哭，令人头皮发麻。森林里雾气重，应该是食肉动物养足了精神抻直了懒腰出来觅食的时候了。金虎找了一棵老柞树作为夜晚栖身之地。在树上过夜有两个好处，一是视野开阔，便于观察；二是利于防身，免得被野狼偷袭。大柞树枝杈多，金虎让苗魁在上面一个枝杈上休息，自己则选择了靠下一个，这样行动会方便些。因为不能抹防蚊油，两人各备了一顶防蜂帽,戴上后蚊子是防了,但却影响视线,月光里看那片洼处有点朦朦胧胧。

夜色渐浓，月光被柞树枝叶分割得支离破碎。两人为了不在睡着后跌下来,用绑带像爬杆的电工一样将腰和树干套在一块儿。苗魁带了强光手电，这是金虎特意嘱咐的,一旦遇到狼,强光手电比鸟铳好使。

苗魁心里有些怕,他说:“晚上会有狼来吗？上回可是套住一只狼。”

“有狼也是孤狼,森林里不会有狼群。”金虎说，“猞猁都敢猎,你还怕狼。”

苗魁道:“我俩没枪,你就带把攮子,我带一把工兵锹,哪有这种装备的猎手？”苗魁抱着膀子,担心一旦有猛兽出现两人应对不了。

“那你不该来。”金虎说,“打猎本身就是赌博。”

苗魁嘿嘿笑了笑说:“有你在,我怕啥？”柞树枝叶夜里会发出蜜一样的甜香气息，而且随着夜色的加深这种甜香会越来越浓。打猎几十年，这个发现还是第一次，金虎陶醉在这种惬意的气味里，体会着夜色的美妙。不时有蚊虫来扰，只能在防蜂帽外乱嗡嗡，这些烦人的蚊虫嗡嗡一会儿见占不到便宜便飞走了。苗魁有些乏，先是打瞌睡，夜半时分竟微微打起鼾来，好在鼾声不大，不至于惊到猎物，金虎也没有摇醒他。

随着鸟虫的沉寂，金虎也有了困意，眼皮变得懈怠。往事一幕幕在脑子里回放。三十年前，他曾经套过一头野猪，那是一头带着一群猪崽的母猪。母猪被套在腰部，进不成退不得，一群小野猪围着它啰啰直叫。他估算了一下，野猪应该不下三百斤，卖到林区供销社土产收购部，可以买一辆大金鹿自行车，拥有一辆大金鹿自行车可是他多年的梦想。套到野猪应该杀死，这是三林区猎手的共识，因为前不久，林区一个老年猎手进山下套遭遇了一头发情的公猪，被公猪撞断了五根肋骨。老猎手对前去看望他的同行发出呼吁：见到孤猪一定要捕杀，这东西祸害人。套住了这么大的野猪，自然不能放过，他举枪瞄准野猪脑门儿，野猪也发现了他。野猪的眼里透出一种绝望，和他对视片刻后，突然匍匐在地，那群小猪则像卫士一样迅速排成队跑到母猪前面呈半圆形向外拱卫。他十分好奇，小猪为什么会有这样的动作，母猪为什么会突然匍匐下身子？他没有扣动扳机，因为此时开枪会打到小猪，而打猎的禁忌是杀幼小。他收起红箭，掏出匕首，将固定猎套的麻绳挑断，让野猪带着一群小猪跑了。当时他想，带一群小猪的母猪不是孤猪，放掉它与老猎手的呼吁不矛盾。

记得自己曾猎杀过一头黑熊，正是这次猎杀成就了他一枪飙的威名。

猎杀发生在刚入冬的菠萝沟，溪水还未封冻，草木已经枯黄。他在菠萝沟遇见了一个持沙枪的外地猎手,猎手是来打野鸡的,沙枪杀伤面大,适合打野鸡。两人并未搭话,各自保持着距离。在山里讨生活的人都懂,遇到狼虫虎豹不可怕,最可怕的是遇到人,素不相识的两人偶然相遇,各自又带了刀枪,若是一方起了歹心,后果难以预料。金虎和那个猎手都懂这个道理。他们同时发现了那头到溪边喝水的黑熊。黑熊牛一样大,通体黑色,像个移动的煤堆。一般来说,有经验的猎手遇到这种情况应该选择躲避,因为没有合适的武器,奈何不了这只庞然大物。金虎准备离开,他看到那个持沙枪的猎手站在原地犹豫,没有躲避的意思。金虎很纳闷,凭一支沙枪来对付黑熊,简直是拿性命开玩笑。但这个猎手似乎着了魔,把沙枪枪塞拔下,倒出小粒铁沙,换上了大粒铅弹。这个猎手要么疯了,要么没有打熊经验，如果一枪不能击中要害，被激怒的黑熊不会给你第二次装药填弹的机会。他想劝阻，但老规矩告诉他不能多话，一心打猎的人最怕打扰，尤其是陌生人打扰，一旦误会掉转枪口来一枪不是没有可能。他不想看到惨烈的一幕，转身快步进入密林，隐藏在一棵大椴树后。就在这时，只听“砰”地响了一枪，猎手开枪了，这枪击中了黑熊的肩胛处。黑熊原地先是转了个圈儿，然后蹦了个高。沙枪放过后会有一团枪烟迟迟不会散去，正是这团枪烟暴露了猎手的位置。只见黑熊旋风一般扑到了猎手面前，一掌将猎手打得滚出老远，那支沙枪被抛起来，在空中划了个弧，落在枯草里。完了！金虎惊叫了一声，下一招儿就是坐压和撕咬了。黑熊对猎物总是先拍后坐再咬。想想看，牛一样的重量压下去，下面的人必然筋断骨裂、性命不保。猎手被严重拍伤，佝偻着身子在抽搐。救人要紧，不能眼看着同行就这样命丧熊口！金虎大吼一声从椴树后现出身来，顺手拉开了枪栓。这声吼吸引了黑熊，它不再对昏死的猎手感兴趣，转身直立起来发出愤怒的咆哮。直立起来是黑熊暴怒至极的动作，是一种示威，紧接着就是狂风般的攻击。金虎正是抓住了黑熊直立起身这一瞬间，举枪瞄准了黑熊胸前一团白毛扣动了扳机。胸前这团白毛是黑熊心脏的标志，造物主不知什么原因用一团白毛来标注黑熊的致命处。站上的老猎手常说，这是老天爷特意给猎手准备的，在使用弓箭狩猎的年代，这撮白毛就是靶心。金虎只用一粒小口径子弹就打死了一头黑熊，让他一枪成名，一枪飙的威名也就成了林区的传奇。那个被熊一掌将左臂拍得粉碎性骨折的猎手从此不再打猎，他来自呼玛，后来每逢过年都给金虎送来两瓶高粱烧。

月亮转到了四方台的西侧，榛窠丛变得模糊起来。金虎进入一种似睡非睡状态，他仿佛看到怒气冲冲的胡所长走过来，一脚踢飞了大公鸡。他浑身一震，胡所长便像提线皮影一样消失了。瞪眼再看，有个灰蒙蒙的东西正在悄悄靠近榛窠丛。他立马精神起来，心跳陡然加快，脱下帽子擦了擦眼，一定是你了，他对自己说，这一回你要是能逃脱，我服你！

一团灰色静止在榛窠边不动，似乎在观察那只公鸡。

金虎悄悄从树上下来，猫腰向前走了几步，想看得更清楚一些。他靠近一棵白桦树，借着月光朝洼地处细看，似乎看出那团灰色是一只狗一样的野兽，像獾，像狼，也像猞猁，不管像什么，他心里已经确定这是那只狡猾的猞猁。突然，那灰色的一团跳起来，越过榛窠直接扑向了公鸡。他心中大喜道："中了！"

但奇怪的一幕发生了，只见灰色的一团又跳出来，急速沿着浅沟跑向悬崖处，一眨眼不见了。“这家伙简直成精啦！”

苗魁被叫声惊醒，跳下来问：“咋样？”

他没有搭腔，径直来到榛窠前，苗魁打开强光手电一照。发现洼地里设好的猎套已经被触发，正套在公鸡身上，而公鸡的脖子已经被咬断，若不是绑得紧，公鸡就被叼走了。

“这是只难缠的家伙，我低估它了。”金虎拎起死鸡，鸡腿还在不停地蹬着。

苗魁因为刚才迷迷糊糊睡着了，没看到猎物捕食一幕，很有些后悔。金虎的话提醒了苗魁，苗魁说：“要是有枪它就跑不掉。”

金虎放下鸡，双手叉腰愤愤地说：“没枪，我也会逮住它！”

“这家伙是不是察觉到了我们在下套？”

金虎点点头道：“它在耍我们，我会奉陪到底。”

森林里响起一声猫头鹰的叫声，很滑稽，似乎在嘲笑两人白白忙活了半个晚上。金虎嘟哝了一句："夜猫子早不叫晚不叫，偏偏这个时候来报庙，晦气！"

"今晚它还会再来？"

金虎说："它记性好着呢，死鸡也不能再用了。"

"它跑哪里去了？"苗魁问。

金虎指指悬崖边说："那里是它布下的陷阱，不能追。"

金虎决定不等天亮连夜下山，省得次日一早遭遇胡所长。

八

金虎尚在熟睡就被一阵咚咚的敲门声惊醒。起身开门，门口站着胡所长，警服的两只裤腿是湿的，粘着些黑土和草屑。

“有事？”他心里一惊，难道昨夜进山被胡所长的定点监控给拍到了？

“你有事瞒我。”胡所长那双黄眼珠异常犀利，发出的光像利刃。

“我不是你的监视对象，没有必要什么事都向你报告吧。”他对胡所长这种口吻有点不满，一大早来敲门，岂不是扰民？

“红獒是怎么回事，为什么撒谎？”胡所长打开手机，把一张照片展示给他看，正是他掩埋红獒的地方，土堆上新草尚未萌生。胡所长发现了红獒的遗体。他心里暗暗佩服这个黄眼珠警察，林子那么大，怎么就会找到这个小土堆，又怎么会挖开看个究竟？红獒又不是人，没有命案必破的说法，犯得上这么上心吗？

“你不该对死去的红獒感兴趣。”金虎冷冷地说，“死獒也不需要办证。”

“在我的辖区，所有反常的事我都会感兴趣。”胡所长说话也不客气，“我再次提醒你，休想耍我，一枪飙已经被终结，你必须面对这个现实。”胡所长把手机放进兜里，接着说：“红獒脖子断了，如果我没猜错的话，是你带红獒进山，遭遇了豹子或黑熊，你没有枪，只能靠红獒去撕咬，结果搭上了红獒的性命，对吧？”

“我没带红獒打猎，也没遇到豹子和野猪。”他辩解说，“红獒之死是个意外。”

“我知道你不会承认，我还是那句话，咱们事儿上见！”胡所长转身走了。

他站在门口，望着胡所长远去的背影心想，也许当初比试枪法应该让一让，赢了不该赢的人是一个摆脱不了的梦魇。他担心红獒的土冢会被挖得七零八落，就找了把铁锹，披上衣服匆匆赶往山里。

露水打湿了胶鞋，走起来吱吱响。找到那棵山楸树并不难，因为红獒的原因，这棵树已经长在了他心里。走到树下一看，那个原本浑圆的坟包还算好，胡所长挖开后重新填上了封土。他铲了些新土将封土加高后，拄着铁锹站在坟前沉默不语。可怜的红獒就像一个出师未捷身先死的战将，太不幸了，红箭、红獒两样心爱之物，成了他心头永远的痛。他对着坟包说：“我已经发现凶手了，这只狡猾的家伙跑不掉，我会把它吊到这棵山楸树上来祭奠你！”

他来找苗魁商议下一步该怎么办。谈话在苗魁家的茶室，隔壁不时传来小孩子的哭闹声，金虎知道那是吉鳌，吉鳌每一阵啼哭，都会牵动苗魁的眉心，能看出苗魁特别心疼孩子。

鸡不能再用，猞猁一旦发现鸡是诱饵，就不会第二次上当。金虎认为猞猁比家猫聪明，据说能记住每一次受到的伤害或惊吓。那么，换成什么呢？金虎想到了羊羔。

“舍不得孩子套不住狼！”金虎狠了狠心说，“羊羔对于猞猁来说是顶级美味，一个哺乳期的猞猁无法抵御羊羔的诱惑。”

“诱饵很重要，但它不上套咋办？我看还得用枪。”苗魁起身打开铁柜，从里面拿出一支报纸包着的猎枪，“这是奥地利造，品牌枪。”

他接过去打开报纸，果然是一支好枪，保养也好，枫木枪托亮可鉴人。

他把枪还给苗魁说：“还是下套，我要活捉这只猞猁，我向胡所长保证过，不会再用枪。”

“别让胡所长知道就是了。”苗魁说，“要是被抓住，我来顶，大不了罚钱。”

他摇摇头，这不是罚钱的问题，一旦用了枪，在人格上自己就输了，胡所长说的事儿上见也就自见分晓，自己不能给胡所长这个长志气的机会，用猎套捕获猞猁更能证明自己的本事。当然，用猎套捕获猞猁，胡所长也会处罚，但那时的一枪飙就变成了一套灵，胡所长想当本地猎手终结者的梦想会从此破灭，因为胡所长无法没收所有的绳子。

“啥时再进山？”苗魁恨不得晚上就走，吉鳌啼哭似乎是在催促他快点起身。

“明天，不过两人目标大，这一次我自己去。”金虎决定一个人进山。他告诉苗魁，明早自己和保安赶着羊群一道出发，进山后把羊群交给保安，自己直接去四方台。

“我会套住它的。”金虎说，“若是再失手，我宁愿把钢丝套套到自己脖子上。”

苗魁吃了一惊，心想，金虎这是要赌命啊！相识多年，从没见到一向沉稳的金虎说这种狠话，红葵之死固然是个诱因，但一再失手，让金虎变得恼羞成怒，金虎想证明自己不用枪同样也是好猎手，想击碎胡所长当三林区猎手终结者的梦想，这谈何容易！

“咱不干傻事，大哥。”苗魁有些紧张地说，“不行的话我想别的法子。”

“没有什么不行！”金虎道，“我不仅要给红葵个交代，而且要证明自己还活着，还不是一个猎手的标本。”

“昨晚你要是有枪就好了。”苗魁再次提到了枪。

“不要再提枪，小心胡所长。”金虎似乎开始忌讳提枪，红箭是他心头的一道无法愈合的伤口，尤其是胡所长说所有上缴的猎枪都被销毁之后，他的心在流血。

“胡所长会不会知道我们的猎猪计划？”提到胡所长，苗魁总是心里忐忑。

“应该不会，再说了，哪里有什么计划？不就是你脑子里一个想解开的结吗？”

苗魁嘿嘿笑了说：“你说你，当时比枪法给胡所长留个面子多好，人家毕竟是所长。”苗魁觉得金虎过于较劲，胡所长才是三林区的老大，折老大的面子能好吗？

金虎道：“比枪法不是我提出来的，我是接受挑战而已，人家下战书，我若不接招，还怎么在林区混？”

“我有个想法。”苗魁说，“我们请胡所长吃顿饭，你俩把话说开，梁子消掉，化干戈为玉帛。”

“他不会来，警察有禁酒令。”金虎说。

“试试吧，今天是周六。”苗魁说，“我现在就去找他。”

事情出乎金虎预料，胡所长答应来苗魁公司食堂吃饭，而且点名要金虎陪。

苗魁回来一说，金虎感觉到了不妙，胡所长必是有备而来，弄不好这将是一场鸿门宴。但既然请神了，这酒就必须硬着头皮喝。

苗魁对这桌饭菜很上心，有鸡有鱼，但野味一样没有。因为金虎特意交代，胡所长很可能是火力侦察，若是上了飞龙汤、爆炒山鸡什么的，正好就中了圈套。苗魁冰柜里有犴鼻、狍子肉，经金虎这么一说，才觉得万万使不得，拿不准胡所长是什么意思。

胡所长如约而至。胡所长没有空手，拎了一个五升白色塑料桶，里面是大半桶小烧。胡所长将塑料桶往桌上一蹾道：“这是七年前扎兰屯烧锅出的酒头，红脸儿高粱原料，不上头。”

苗魁备了茅台、五粮液，胡所长让他通通收起来，说我要是喝这两样酒，所长就不用干了。苗魁只好把摆出来的名酒放回酒柜，心里觉得胡所长这个人挺敞亮、实在。

这顿饭对于金虎来说有点尴尬，苗魁备菜，胡所长带酒，好像只有自己是白吃的主儿。他不多言，酒菜下得也慢，等着胡所长说话。他知道有身份的人在酒桌上都是后发制人，胡所长肯定也是如此。苗魁看得明白，在主动敬了胡所长几杯酒后看了金虎一眼说：“金大哥说过几次了，想和胡所长坐坐，胡所长两袖清风，总也不给机会。”

“老金可从没请过我呀。”胡所长并不买账，“老金是三林区有头有脸的人，他请的话我不会不给面子。”

金虎觉得胡所长这句话没说错，自己确实没请过人家。他知道自己该说话了,就斟满一杯酒,起身道:“我敬胡所长一杯,喝酒自备,讲究!”

“真想和我喝?”胡所长看着金虎的酒杯,酒杯是标准四钱杯,满杯,酒面纹丝不动,看出对方端杯的手很稳。这是打枪练出来的腕上稳功,在部队时自己曾托着砖头练过,最多时托过六块砖,只有手臂稳,枪才能准,手腕微微抖一下,靶上就会偏出好几环甚至脱靶。

“敬你。”金虎端着酒在等待。

胡所长也站起身,拿过两个碗,往碗里倒了两个半碗,然后端起一碗,把另一碗递给金虎,道:“咱俩用碗喝。”

金虎看了碗里的酒,少说有三两。他不能拒绝胡所长所敬之酒,用大碗敬酒是站上人的习俗,只是这一习俗不再时尚,但老友相聚、逢年过节,还经常能看到这种酒桌上的豪气。金虎接过碗,把手中那一小杯也倒了进去，然后双手将碗端至下唇一平,很平稳地喝了下去,然后把空碗照向对方。金虎这个动作也很讲究，如果把酒碗端得高过头顶,那是敬长辈的动作,对于敬重的平辈,端碗最高不能过眉心。

金虎喝干了酒碗,胡所长用同样的动作也喝了半碗酒。

两人坐下,胡所长道:“老金,从喝酒上看你是条言而有信的汉子。”

金虎笑了笑。胡所长带来的酒很冲,但回味却绵。他酒量尚可,但毕竟五十多岁了,喝酒虽爽,醒酒却迟,而且夏季他很少喝烧酒,只有冬天踏雪进山前才喜欢闷半碗小烧。胡所长吃了几口菜,他也用同样的方式回敬了半碗酒。两个半碗小烧下去,金虎脸上潮红如霞,而胡所长的脸却蜡黄如烟叶。

“其实,有些事是职责所系,办得硬了点,理解万岁吧。”胡所长表情很放松。

“树要皮人要脸，猎手的毛病是太在乎这张脸。”金虎也很诚恳。

“有些念头，就像炮仗引信，还是早掐灭了好。”胡所长话锋突然一转，忽然没头没脑来了这么一句。

金虎显然听明白了，他想了想，接上话道：“理儿是这个理儿，可是大年三十谁家不放个炮仗？”

胡所长道：“没告示前，放二踢脚、钻天猴也没人管；有了告示，再放就是个事儿。”

苗魁怕两人争执起来，急忙打圆场说：“小孩子玩的东西，咱不放就是，喝酒。”

苗魁也给自己倒了半碗，想给胡所长倒时，胡所长伸出手挡住了说：“你不行，我看你喝醉过，让人背回家的。”

胡所长果然厉害，苗魁想，有一回自己和来林区进货的客户喝醉了，被饭店老板送回家，这件事没几个人知道，胡所长却能掌握底细，可见胡所长耳目众多。

“你不行，老金没问题，脸红的人酒量大。”胡所长话里不失挑战味道。

其实金虎也有些吃力，但他必须接招，他不知胡所长酒量深浅，但知道对方今天来是想撂倒他。作为三林区最有名的猎手，他还没有在酒桌被人放倒过，站上人的血脉赋予了他非凡的酒量，他本可以和胡所长厮杀一番，但他对胡所长带来的酒拿捏不准，不知自己服不服扎兰屯烧锅七年前的酒头。但对方话已挑明，自己不能退缩。金虎把两个酒碗并列摆好，伸出手做了一个请的手势。

胡所长提起塑料桶，咕咚咚倒了两个满碗，然后表情很严肃地说：“三季度上边来检查非法狩猎，有明察也有暗访，我不希望我的地界儿出事儿。”

"好猎手都懂得分寸。"金虎并不回避胡所长的目光,尽管对方目光咄咄逼人。

一旁的苗魁吓坏了，这个满碗可是半斤多酒，喝了肯定会有人倒下去。想拦,看看两人斗鸡似的架势,又不敢说话,心里暗暗叫苦,心想,金大哥啊你就认输不行吗？怎么还像比枪法那么较真呢?

"大碗喝酒,痛快！"金虎端起碗,手依然很稳。

"先喝为敬！"胡所长先喝了个满碗。

两人都没有醉态,依旧吃菜、说话,谈笑风生。胡所长不恋战,吃了个馒头后起身告辞。临走前他拍着金虎肩膀说:"三林区有你在，我当所长才有意思。"

"多有得罪,见谅。"金虎努力保持着身姿,他不能摇晃,一旦摇晃,胡所长很可能再追加半碗。他知道,是自己的表现镇住了对方,很多时候,博弈中想让对方收手,最好的方法是不让他看清你的底细。

“酒德看人品。”走到门口，胡所长回头道，“不差事儿！”

九

金虎觉得猎猞计划应该缓一缓，罩一下胡所长面子没亏吃，上级来明察暗访，不能在要紧时候给人家上眼药。

苗魁说一切听大哥的。

“胡所长这个人挺讲究。”金虎说，“敬了酒，说了软话，不容易。”金虎把那天胡所长说的三季度上级要来检查非法狩猎的话视为软话，是在通风报信，是提醒他别顶风作案。

金虎很清楚胡所长一直在怀疑自己，林中那些或明或暗的电子眼不是摆设，让猎手本身成了圈套里的猎物，如果你扛着一只捕获的狍子或拎着几只飞龙下山，估计还没出林子，就会有警察在路上等你。电子眼这东西没法通融，一旦被抓拍到就是个事儿。金虎估计自己每次上四方台都没躲过那些电子眼，这也是胡所长总是盯着自己的原因。胡所长迟迟没出手，是没有人赃俱获，毕竟禁止非法狩猎不等于禁止进山，进山不犯法，这是自己没蹚上事儿的主要原因。金虎的基本判断是，胡所长不是个讲情面的人，以抓人为乐趣，当然，胡所长所抓是违法之人。

一连三个月金虎没进山，一心一意放羊。苗魁当然着急，高老大来过几次电话，问啥时猎猞，他只能用金虎的话来敷衍，说夏天猞猁皮不中用，掉毛，按站上人打猎的习惯，头场雪下来才能进山。

苗魁不傻，觉得金虎是麻痹对方，等出手的机会。苗魁很清楚，即使不为了那顶猞猁帽，金虎也要为红燊报仇，金虎是个说话算话的人，他见金虎扛着铁锹去过林中，估计是给红燊的坟培土，由此可以判断金虎没忘记猎猞。他看到金虎从家里拿来给红獒买的那个双排刺不锈钢项圈，坐在羊圈门口的石阶上，往自己脖子上反复套了几回，然后仔细抚摸着一个个钢刺，眼泪慢慢地就流下来。苗魁看过金虎两次独自默默落泪，知道他的泪水是为红箭和红獒而落。

这期间胡所长来过公司一次，向金虎讲了四林区办的一起非法狩猎案。四林区一个猎手因为私藏猎枪，并非法进入保护区偷猎一头马鹿被抓现行。“闯进保护区狩猎，等于到银行抢钱，事儿大了。”胡所长说，“再加上私藏枪支，此人肯定重判。”金虎很清楚这条狩猎红线，去保护区偷猎是脑袋进水的举动。胡所长说的案例明显有旁敲侧击的用意，说到底还是对他不放心，担心他惹事。

那一次，颇有兴致的胡所长还和苗魁交流起了工作体会，说自己在部队最骄傲的是参加了军运会并获得射击铜牌，这个荣誉写进了集团军军史。他问苗魁:“知道我到三林区工作最大的收获是啥吗? ”

苗魁接话说:“当然是治安好转了,盗伐现象几乎绝根。”

“不是。”胡所长否定说,“最大的收获是改变了老金,老金由大名鼎鼎的一枪飙,变成了不温不火的羊倌。”

金虎看了胡所长一眼,心里笑了,跟着调侃了一句:“羊倌也是官,说明我被胡所长提拔了。”

三人都笑了。

生活中的过头话往往会物极必反,就像一个人说自己开车总也不出事, 结果马上就剐蹭追尾一样,脚下没有余地的时候,抬脚跌跟头就在眼前了。苗魁夸胡所长抓三林区治安有方、盗伐现象绝根没两天,三林区出了大事,菠萝沟十一棵百岁以上的黄菠萝和十九棵成材水曲柳遭盗伐,这是三林区国家天然林禁伐之后出现的第一起大案，甚至惊动了省厅。盗贼伐木后顺着河水将木材运出了三林区，跑到邻县销赃。上级对此案高度重视，下令限期破案。胡所长压力来了，嘴角烧起了燎泡，走路都是一路小跑。金虎说，三十棵成材原木不是绣花针，想藏起来很难，只要仔细排查不难找到下落。

时令已到小雪。小雪这一天，林区恰恰下了一场大雪，山上雪深没膝，有些胆大的野兔甚至跑到村民院子里觅食。金虎站在窗前望着远处白黑两色的山峦自言自语："是时候了。"

"我早就等着这一天。"苗魁说，"吉鳌昨天晚上朝我笑了，我估摸好运来了。"

"我自己去。"金虎说，"你是有身份的人，还有企业要管，不能出事儿。"

尽管苗魁不是很情愿，但金虎的话很实在，何况自己进山不但帮不上大忙，还容易暴露目标。他只是担心金虎的钢丝套能不能奏效？胡所长正忙着破盗伐案无暇注意金虎，老天爷又帮忙赐了一场大雪，这是千载难逢的机会，他一定要助金虎一臂之力，完成这谋划了近半年的猎猞计划。

金虎自己进山，反穿一件羊皮袄，戴一顶貉皮帽，这是祖辈狩猎的装束。反穿皮袄容易雪地藏身，貉皮帽可以伪装成猎物同类。金虎抱着一只羊羔，小羊羔不知道主人带它去干什么，很不情愿地挣扎着，金虎将它绑住四蹄，然后像抱孩子一样抱在胸前。

“别怕。”金虎拍拍羊羔的头说，“很快就会回来。”

所去之地自然是四方台，金虎相信自己的直觉。

他先去了那棵山楸树下，走到白雪覆盖的红獒坟包前，默默站了一会儿，然后信心满满地说：“瞧好吧，我会把它拎到这儿来的。”

大雪掩盖了原本凹凸不平的山地，走起来深一脚浅一脚，不敢把脚落得过实。跋涉的小心比不上躲避电子监控的担心，他只能不停地留心前面每一个可疑的树杈，有的似乎是录像设备，绕过去一看结果是个树瘤，就这样小心翼翼地前行。路上，他看到了许多觅食的野鸡，一处山泉边的椴树上甚至落满了飞龙，雪地上不时可见野猪、狍子的足迹，足迹很有规则也很新，看到这些久违的足迹他很激动，沿着这足迹追下去，不用很久就会追上猎物。但他不能驻足，好猎手最重要的素质是目标专注，自己的目标是那只猞猁，万万不可分散注意力。

大雪覆盖的四方台格外静谧，原始森林神秘的氛围被大雪渲染得愈加扑朔迷离。他摸了摸靴筒里的攮子，这是唯一的防身武器，关键时刻要用上的。观察周围是猎手的下意识动作，他抬起头四处打量，忽然在一棵柞树树杈上发现了一个小型视频监视装置，他暗暗吃惊，看来胡所长早就注意四方台了，前几次来的时候，还没有这个装置。他找到镜头盲区上前看了看，发现监视装置没有红灯闪烁，估计是很久没有换电池，监视器无法作业。他松了口气，盗伐案追得那么紧，胡所长一心哪能二用，想必把这个监视器给忽略了。

转身离开时，他的目光停留在远处一片嶙峋的小石砬子上。夏季因有树木枝叶遮挡，这个石砬子并不醒目，冬季树叶落尽，这个灰黑色的小石砬子就在白雪中凸现出来，像雪地里卧着一群野猪。他知道猞猁喜欢在石缝或岩洞栖息，便悄悄走过去查看。因为雪地上没有足迹，他断定石砬子下不会有猞猁藏身，但他还是把那个双排刺项圈拿出来戴在脖子上，猞猁和狼这种猛兽首先会攻击人的脖子，有了项圈至少可以保护脖子。他甚至想，如果真有猞猁扑出来，他就与猞猁肉搏一番，虽不能保证徒手制服猞猁，但他靴子里有攮子，狭路相逢勇者胜，不信这家伙会有三头六臂。搏斗才有快感，如果一枪击倒对手，复仇的过程反倒变得乏味，若能徒手打败猞猁，那么他将创造整个林区又一个奇迹，赫赫有名的一枪飙也就从此转化成徒手猎猞的林区武松。那个时候，胡所长会怎么看？恐怕黄眼珠就会变成蓝眼珠了。他摸了摸脖子上的项圈，上面的狼牙钉密集尖锐，红獒的悲剧不会在自己身上重演。

看遍了石砬子，也没发现可疑之处，他坐在石砬子上歇息，起身时刺啦一声，裤子被刮开道大口子。他觉得晦气，朝石头上跺了一脚，石头发出咣咣声，他感到奇怪，弯下腰仔细查看，原来石头下面有个洞。他小心翼翼趴下来朝洞里看，洞大约两米深，一步宽窄，半人高。从里面已经风干的粪便看，这应该是猞猁窝。他心脏一阵狂跳，心想这才叫得来全不费工夫，再看，里面一些啃食过的骨头没有新茬，洞口尘埃的厚度也说明这个窝已遭废弃。窝遭废弃说明猞猁已经迁徙他处。

他站起来，望望东面莽莽苍苍的保护区，心想，猞猁会不会带着幼崽迁徙到了对面安全的保护区呢？他疑虑重重地来到那处设套的洼地，落雪后的榛窠显得很稀疏，被榛窠环抱的那块不大的空地雪光耀眼，连老鼠的足迹都没有。他抱来小羊羔，把羊羔固定在拴公鸡的地方，然后绕过榛窠丛，来到那个通向悬崖的沟口处。这些日子，他一直觉得这个通向绝壁的沟口是下套的绝佳之处，尽管小沟不过两步宽，深也不能齐膝，但是，上次这家伙就是从沟里逃走的。小沟里有几道足迹，从爪印完全可以判断这是食肉动物留下的。他觉得自己判断对了，猞猁的窝也许在悬崖上的石缝里，站在悬崖边的人无法看到，而善于攀爬的猞猁却可以自由出入。他记得上次那个月夜，这家伙明明跑到了悬崖边，却土行孙一般消失了，不躲到悬崖上还能去哪里呢？

在沟口悬崖边下套是一步险棋，一则没有掩饰物，套子容易暴露；二则下套太险，一旦失足会顺坡滑下去，跌落悬崖；再有，一旦套住猎物，如果吊在了悬崖上，如何取下猎物也是难题，夏季时套住的那只狼当时就挂在悬崖上，费了好大力气才拉上来。权衡再三，他还是想走这步险棋，因为想套住这只猞猁，最佳卡点就是它蹿上蹿下的沟口。

他设了一个用较粗尼龙绳做的暗套，用雪覆盖上，只要有活物经过就会触发猎套，将猎物套住。

一切妥当后，他回头看了看羊羔，心里有些自责，应该给羊羔带点吃的，饥饿的羊羔容易被冻死。他去树林里薅了些干草给小羊铺在雪地上，小羊咩咩叫了几声，黑眼珠望着他，一副可怜状。他抚摸了一下小羊的头，说："别怕，就一个晚上。"

冬季夜来早。黄昏一到，他知道好戏要上演了。他找到上次栖身的那棵老柞树，在树根处的雪地挖出一个半人深的雪窨子，反穿着皮袄斜躺在那里等待奇迹出现。七八分把握还是有的，他想，大雪封山，猞猁捕食不易，又有小猞猁需要喂养，闻到羊羔的味道不会无动于衷。他唯一担心的是有狼半路杀出来，但这个担心被他自己否定了，猞猁这种独行侠活动的区域，狼会退避三舍。

夜色渐浓，雪地里一片朦胧。小羊被冻得咩咩叫个不停。忽然，他看到灰色的一团从沟里出现了。他吃了一惊，这家伙从哪里冒出来的？因为这灰色的一团是反方向来的，让他一时有些发蒙，如果它叼了羊羔不往悬崖边跑怎么办？

这灰色的一团在榛窠边停下来，似乎在观察。他揉揉眼，却怎么也看不清，便悄悄站起身，那灰色的一团异常警惕，大概听到了什么，猛地蹿起来，回头要跑，这时，只听“砰”的一声枪响，灰色的一团瘫在了雪地上。这一枪也把金虎吓了一跳，回头一看，高老大端着猎枪从树后走出来，身后跟着苗魁。他顾不得和苗魁搭腔，快步赶到榛窠边，雪地上那灰色的一团不是猞猁，是一只三条腿的狐狸，被击中了后腰，正痛苦地抽搐。

“怎么是只狐狸？”高老大提着枪靠过来问。

他起身一把夺过高老大手里的猎枪，低声道：“怎么是你？为啥要用枪，这会出大事你知道吗？”

高老大认识一枪飙，解释说：“不是我的枪。”

“你不是在四林区吗？怎么跑这儿来了？老莫让你来的？”金虎没想到高老大是苗魁请来的，还以为是老莫派他来帮忙。

“老莫？”高老大愣了愣说，“老莫死了，狂犬病，杀狗遭狗咬没打疫苗，耽误了，是苗总叫我来帮忙猎猞。”

“老莫死了？”他有点不相信自己的耳朵。

“死半个月了，挺惨的，见水就发飙。”看来高老大很了解老莫。

金虎看了苗魁一眼说：“老莫没把自己看明白，他的话你还能信吗？”

苗魁很是意外，如果金虎不问，他还不知道老莫已经去世。苗魁满脸通红，鼻尖像一只红辣椒，胸脯快速起伏着，他做梦也没想到实施了小半年的猎猞计划，却被一只狐狸捉弄了，猞猁呢？猞猁哪里去了？几次吃鸡原来是这只有残疾的灰狐狸。

“这三脚狐简直成精了！”金虎想，原来与他们捉迷藏的一直是这只受过伤的狐狸。都说狐狸聪明，看来此言不虚，猎套很少套到狐狸就很说明问题。看了看因失血而死去的狐狸，在垂死前抽搐的过程中，狐狸努力将头朝向了东方悬崖的方向。“狐死首丘，它的窝应该在悬崖上。”金虎对高老大说，

"你犯的忌,你去把狐狸埋了吧。"

高老大问:"就埋在雪地里?"

金虎点点头,高老大是猎手,懂得站上人狩猎的规矩,特意嘱咐道:"头的朝向别变。"

苗魁把工兵锹递给高老大,高老大过去在雪地上挖了长方形的雪坑,将灰狐狸抱进去,用雪掩埋上,然后将雪踏实,用锹像抹灰一样又抹了抹,以防雪被风吹走。

看来四方台上的猞猁的确迁走了,很可能母猞猁叼回小猞猁当天,就迁到了对面的保护区。金虎起身道:"到此为止吧,我一枪飙以为自己多能耐,没想到被一只三条腿的狐狸给耍了,没有家什,我们啥也不是。"

"都别动!"三人身后传来一声断喝。

是胡所长!金虎怀抱猎枪紧闭双眼,大脑蹦出一片雪花。苗魁和高老大傻子般站在原地不敢动。

胡所长过来一把夺过猎枪挎在自己肩上，又走过去摸了摸高老大的腰，他没理苗魁，而是来到金虎跟前，熟练地下了金虎靴子里的攮子，看着一脸尴尬的金虎说："不愧是一枪飙啊，够准！"

金虎愣了一下，诚恳地道："你赢了，我心服口服。"

"输赢是另回事，你顶风作案可是蹚上了大事儿，不过我挺佩服你，你迷惑了我，我差点就信了你。"胡所长有些得意地说，"说实话，我真不想咱俩在事儿上见。"

金虎伸出双手，意思是让对方把他铐起来。胡所长摇摇头说："算了，天黑路滑，铐着怎么走？"

金虎问："你是怎么跟踪我的呢？这么准。"

"电子监控。"胡所长实话实说，"将来还会用无人机巡逻，你必须正视现实，一枪飙的辉煌已经彻底终结。"

金虎明白了，他和苗魁进山，没有躲过胡所长的电子眼。胡所长虽然在办盗伐案，但还有一双眼在盯着他们。

“我知道你还下了暗套。”胡所长说，“信不信我能把它找出来？”

胡所长说完，走到通向悬崖的浅沟，浅沟尽头埋着金虎设的暗套。金虎有些纳闷，暗套是在监控盲区所设，而且那个监控器已经没电，胡所长怎么会发现呢？

他看着胡所长大踏步走过去，在走到埋葬灰狐狸那个地方时，因为雪被踩得平滑，胡所长脚下一滑，刺溜一下，只听“咣当”一声，眼看着胡所长双臂伸展，肩上那只猎枪高高抛起落在雪地上，人却顺着浅沟滑下崖去了。

“糟了！”金虎快步跑过去，拽住一棵小树往下看，发现胡所长右脚被猎套套住，头朝下倒悬在悬崖上。或许跌落时碰到了头部，胡所长失去了知觉，头上的棉警帽也掉了下去。

“快过来帮忙！”他招呼苗魁和高老大，三人用尽全力才把胡所长拉了上来。金虎摘下自己的貉皮帽给胡所长戴上，胡所长头上在渗血，月光下血色是黑的。他把胡所长抱在怀里，一边呼叫，一边掐着人中。

过了一会儿，胡所长慢慢睁开眼，看了看他，又看了看苗魁和高老大，喃喃地说：“咱还是事儿上见了。”说完，想挣扎着起来，腰却明显不吃力。“我走不了。”他痛苦地说。

“我背你下山。”金虎蹲下身，让苗魁把胡所长扶上身背起来，对苗魁说，“把羊羔抱回去。”苗魁过去抱了羊羔，几个人深一脚浅一脚开始往山下走。

走出不远，胡所长在金虎的耳边轻声说着什

么，金虎听了几遍才听清楚，胡所长是说：

“别忘了猎枪，那是物证。”

创作谈

曾经的杀戮在生命的黄昏已经不是荣光，更多的是内疚和忏悔

作者 老藤

在小兴安岭我接触过一个达斡尔老猎人，这个面如大列巴黑面包的老人告诉我，无论何时何地都不要低估动物。我清楚这是经验之谈，也知道这话并不涵盖所有的动物，应该特指那些与猎手斗智斗勇的猎物，因此我并不以为然，不是有句话说再狡猾的狐狸也斗不过好猎手吗？动物无论怎么聪明也无法与人相比，人才是万物之灵。但是，随着老人有滋有味地讲述，我对他讲到的动物不免肃然起敬。比如蹲仓的黑熊

能爆发成倍的蛮力，以一种视死如归的勇气与侵犯者搏斗；比如草原上的狼群会有计划、有分工、有重点地打伏击战，直至捕获猎物；还比如赤狐排出的气味能让人出现短暂的眩晕或幻觉，小小的黄鼬会以舞姿魅影来麻痹你的神经，等等，其中最让我感到新奇的是猞猁，老猎人说猞猁是大山的精灵，不到万不得已不要去招惹它。

据老猎人讲，猞猁居无定所，极难猎获，猎猞的最佳途径就是找到猞猁便溺之地。因为猞猁排泄地点相对固定，也就是说在茫茫山野之中，猞猁从不随地大小便，它们会到自己专属的地方排泄。这真是一个很奇怪的现象，没有固定住处却有固定的卫生间，在吃和排的问题上能重视后者的动物恐怕只有猞猁了，一般来说，重视后者的则代表着进化的层次较高，包括人类，那些随地大小便者层次不会很高。老猎人还说，聪明的猞猁耐力极强，绝不会冻毙饿死，它甚至会贿赂穷追不舍的猎手。如果遇到穷追不舍的猎手，它会在追击路上放一只被它杀死的野兔或狐狸，猎手见到了这些馈赠一般来说就会停止追杀，双方心照不宣，没有哪一个猎手喜欢赶尽杀绝。

老猎人说猎手到了晚年大都睡不好梦不安，有的甚至会得一些怪病，他有个专门下膛线捕猎黄鼠狼的朋友就是被莫名的腹痛折磨而死，连医生都找不出病因。老猎人这样说当然有些迷信色彩，但垂暮之年的猎人不愿意多谈昔日辉煌却颇有共性。每一个即将踏上奈何桥的人，都会有意无意地回望自己的来路，曾经的杀戮在生命的黄昏已经不是荣光，更多的是内疚和忏悔，这就是战神白起在死前为什么会说出“我固当死”，因为他知道，在长平之战中自己坑杀了四十万赵卒降者。

善待野生动物并非仅仅是生态保护的问题，很多人忽略了它另一方面的意义，那就是对自我心灵的救赎，且不论人与动物之间是否也存在量子纠缠，须知每灭绝一种动物，人类都会向暴虐和孤独走近一步，最终伤害的还是人类自己。永远不要低估动物，《猎狳》中那只三条腿的灰狐和始终没有现身的狳猁，就嘲弄了一干人。